KB023786

나의 삶 나의 꿈

희망 강서 이야기

김용연(제7대 서울특별시의회 의원)

시의회 경력

서울특별시의회 의원(2018.07.01~현재)
윤리특별위원회 부위원장(2021.09~현재)
서울주택도시공사 사장 후보자 인사청문특별위원회 위원(2021.07)
서울물재생시설공단 이사장 후보자 인사청문특별위원회 위원(2020.11)
서울에너지공사 사장 후보자 인사청문특별위원회 위원(2020.02~03)
교육위원회 부위원장(2020.07.14~현재)
김포공항 주변지역 활성화 특별위원회 위원(2019.06~2020.12)
항공기소음특별위원회 위원(2018.12~2019.12)
서부지역 광역철도 건설 특별위원회 위원(2018.12~2019.12)
정책위원회 위원(2018.08~2019.07)
예산결산특별위원회 위원(2018.08~2019.08)
보건복지위원회 위원(2018.07~2020.07)

수상 경력

제7회 우수의정대상 우수의정 의원(2019)
제13회 지방자치 우수의정 의원(2020)
서울시 행정사무감사 우수의원(2021), 지방자치 의정대상(2021)
제12회 서울사회복지대상 서울복지신문사상(2021)
더불어민주당 지방정부 우수정책・우수조례 경진대회 우수조례 2급 포상(2021)

학력 및 기타 경력

전북대학교 공과대학 건축공학과 졸업
연세대학교 공학대학원 건축공학과 석사
중앙대학교 일반대학원 의회학과 박사과정 수학 중
(현) 서울남부지방법원 건축조정위원
(현) 서울시 강서구 장학회 이사
(현) ㈜건축사무소비사벌 대표이사, 건축사
(현) 서울특별시의회 교육위원회 부위원장
(전) 서울특별시의회 2018년 예산・결산 특별위원
(전) 서울특별시의회 보건복지위원회 위원
(전) 민주평화통일자문회의 상임위원
(전) 서울시 강서구 상공회의소 수석부회장
(전) 더불어민주당 서울시당 강서을지역위원회 사무국장

나의 삶 나의 꿈

희망 강서 이야기

김용연 자서전

상상박물관

책을 펴내며

나는 촌놈이다. 초등학생 때는 농사일을 돕느라 공부를 잘하지 못했다. 몇 번 우등상을 받기는 했지만 특출한 정도는 아니었다. 중학생이 되어서도 뛰어놀기 좋아하고 공부하기 싫어해 운동선수가 될까 고민한 적도 있다. 그러다 중학교 3학년 때 우연히 특수반에 들어가면서 나도 맘만 먹으면 공부를 잘할 수 있다는 걸 알았고, 비록 실업계지만 전주에 있는 고등학교에 진학했다. 그리고 고등학교 2학년이 되어 독서실에서 본격적으로 공부를 해서 국립대학교에 들어갔다.

나는 부족한 사람이다. 부지런한 것으로는 어디 내놔도 자신 있지만, 성격이 급하고 옳다고 생각하는 것은 꼭 하고 마는 고집이 있다. 잔머리를 굴리거나 속마음을 숨기지도 못한다. 사람들을 만나도 속에 품은 생각이 얼굴에 드러난다고 한다. 정치인이 되려면 적당히 속생각을 숨기고, 노련하게 사람을 대하고, 싫은 소리는 하지 말아야 한다고 하는데 나는 평생 그러질 못했다. '천성이 이러한데 어쩌란 말인가' 싶은 반발심이 일기도 했지만, 정치를 하려면 여우가 되라는 말이 피부에 와 닿는 경우가 한두 번이 아니었다. 하지만 결국 나는 나인지라, 요즘은 정치인 중에 나 같은 사람이 한 명쯤 있어도 좋지 않으랴 하는 생각을 하며 살고 있다.

그런 내가 정치인이 되어 4년을 보냈다. 그간의 활동에 백 퍼센트 만족할 수는 없지만 나름 열심히 뛰었다. 내가 서울시의회 의원이 되었다고 해서 국가 경제의 큰 패러다임을 바꾸거나 사회 전반을 개혁하는 데 지대한 영향을 미치지는 못했을 테지만, 주민 생활과 밀접한 중요한 일들을 해왔다고 자부한다. 16건의 조례 제정과 개정을 단독 발의했으며, 71건은 공동 발의했다. 보건복지위원회에서는 양극화의 심화로 기회 불평등이 심해진 사회에서 약자의 위치에 놓인 이들을 위한 안전망을 구축하는 데 앞장섰다. 또한 교육위원회에서는 저출산 시대의 육아와 청소년들의 교육 기회 확대를 위한 일들을 추진하였다.

4년의 임기가 끝나가는 지금, 돌아보면 보람도 컸지만 안타깝거나 마음 아팠던 적도 있다. 주위에는 강서구를 위해 더 큰 일을 해야 하지 않겠냐고 말하는 지인들도 많았고 나 역시 의욕이 넘쳤지만, 그 전에 먼저 나 자신을 성찰해보았다. 그동안 내가 한 일과

하지 못한 일들을 찬찬히 돌아보자, 더 큰 일에 대한 욕심을 내기보다는 지난 4년 동안 했던 일들과 강서구와 서울시에 차고 넘치는 문제들을 다시 한 번 풀어보자는 데 생각이 닿았다.

아내와 장성한 아들들은 큰 내색은 안 하지만 이제 정치는 그만했으면 하는 눈치다. 정치를 하지 않았더라면 나도 적당히 사람들을 만나 어울리고, 술도 마시고, 향우회나 지역에 기부하고 봉사활동을 하며 편하게 살았을 것이다. 그러나 나는 정치를 선택했고, 정치인이 되고 나서는 모든 것이 변했으며 스스로를 바꾸기 위해 노력했다. 전보다 몸가짐을 단정히 하고 좀 더 교양 있게 말하려 애썼으며, 아침에는 더 일찍 일어나 신문과 책 읽기를 거르지 않았다. 누군가와 대화를 하기 앞서 그들의 입장에서 한 번 더 생각해보고, 사회적 약자들을 배려하게 되었다. 물론 술도 끊었다. 남는 시간에는 한자와 영어 공부를 했다.

이번 대선 때는 이재명 대통령 후보를 위해 목이 쉬어라 응원하며 뛰었다. 잼잼 자원봉사단과 함께 유세장을 파란 풍선으로 물들이고 부부젤라를 불며 열심히 이곳저곳을 누볐다. 이재명을 위해 투표하는 것이 아니라 나를 위해 투표할 것을 외쳤다. 결과가 좋지 않아 실망은 했지만, 나를 위해 투표하듯 나를 위해 정치를 하고 있다는 생각이 들었다.

나는 동료 의원들이 자서전을 내고 출판기념회를 하는 것을 여러 번 보았지만, 내 이야기를 책으로 쓰게 될 줄은 몰랐다. 하지만 지난 4년 동안 아무 조건 없이 나를 지지하고 응원해준 친구와 동료, 지지자들에게 내가 어떻게 살아왔고 어떤 생각을 품고 있으며 지난 4년간 그들을 실망시키지 않기 위해 어떤 일을 했는지를 알리고 싶었다. 그리고 고마운 마음도 전하고 싶었다.

아마 선기를 염두에 두었다면 진즉 책을 내고 출판기념회도 했겠지만, 별로 요란을 떨고 싶지 않았다. 다만 다시 선거 전선에 나서기 전에 나 자신이 살아온 여정을 되짚어보고, 마음가짐을 새로이 하고자 했다. 늘 부지런히 걸어왔고, 앞으로도 성실히 잰걸음으로 나아가려 한다.

마지막으로 글재주 없는 내가 책을 낼 수 있도록 용기를 북돋아주고 글을 정리해준 후배 강신홍(전 서울에너지공사 기획경영본부장)과 상상박물관 김삼수 대표에게 감사를 전하며, 이 지면을 빌려 그동안 변함없이 꾸준하게 부족한 김용연을 지지하고 응원해주신 모든 분께 한없는 감사를 드린다.

2022년 4월

김용연 드림

추천의 글 1

지금 우리는 위중한 시대 한복판에서 길을 잃은 것만 같다. 전 세계적인 코로나19 팬데믹과 지구 생태계를 위협하는 기후위기 상황 속에서 진보와 보수의 갈등도 그 어느 때보다 심각하다. 지난 3월의 우리나라 대선 결과를 보아도 마찬가지다. 공동체의 미래를 놓고 벌이는 선의의 경쟁은 온데간데없고 이념과 세대와 성별로 갈라져 극도로 분열하는 모습만 가득했다.

더불어민주당을 지지했기에 이번 대선 결과에 대해 개인적으로 실망이 크다. 그러나 더불어민주당도 국민이 진정으로 원하는 것을 제대로 살피지 못한 것은 아닌지 성찰해야 한다고 생각한다. 국민들은 피부에 와 닿지 않는 개혁보다 부동산 가격의 상승이나 코로나로 인한 피로감에 더 크게 좌우되었을 것이다.

정치계뿐만 아니라 종교계, 특히 기독교 교계의 갈등도 과거에 보지 못했던 현상이다. 한국 교회는 산업화와 도시화에 힘입어 한국 사회의 가장 큰 종교로 성장하였으나, 그 몸집에 걸맞은 선한 영향력을 보여주지 못하여 근자에 와서는 많은 비판에 직면하고 있다. 교회가 그런 비판을 받는 이유는 하나님 나라의 모습을 잃고 이기적인 종교 집단으로 전락하여 구원의 역동성을 상실했기 때문이다. 그리스도의 몸을 자처하는 교회는 하나님 나라의 모습을 하루빨리 회복해야 한다. 예수님의 하신 일인 가난한 자, 병든 자, 소외된 자들을 섬기고 나눔을 실천해야 한다.

교회는 사회 문제와 정치 문제에서 극좌나 극우 어느 한쪽에 치우치지 않고 세상에 하나님의 나라와 그의 의(義)를 외치며 실천하는 모습을 보여야 한다고 생각한다. 더 나아가 교회는 인권과 평화에 역행하는 세력에게 경종을 울리고 하나님 나라의 질서에 순응하는 이들에게 협력을 아끼지 않아야 한다고 믿는다.

나는 진성준 국회의원의 후원회장을 맡으면서 김용연 시의원을 처음 알게 되었다. 매사에 부지런하고 열심인 김용연 시의원이 고향 김제에서 태어나 성장하고 지금까지 살아온 과정과 자신의 부족한 점 등을 솔직하게 담은 이야기를 책으로 펴낸다고 한다. 정치인의 길을 걷고 있는 김용연 시의원에게 잘 어울리는 고(故) 김대중 대통령의 말씀을 인용하고 싶다.

김대중 대통령은 "정치인의 기본자세는 국민을 하늘같이 생각하는 것"이라고 강조하면서 "정치인은 나아갈 바른길을 따지는 서생적 문제의식이 필요하지만, 그것만으로는 완고함에서 빠져나올 수 없으며, 상인의 현실적 감각이 필요하다"고 말한 바 있다.

김용연 시의원은 30년이 넘도록 강서에서 건축설계사무소와 건실한 건설회사를 경영하면서 뛰어난 현실감각을 갖추었다. 연륜과 상인의 감각을 겸비하고 수십 년간 우리 공동체를 위해 봉사하는 삶을 살아온 김용연 의원은 앞으로 지난 4년보다 훨씬 더 많은 일을 할 수 있는 훌륭한 정치인이라고 생각한다.

강서구의 시민들, 그리고 이 땅의 궁극적인 평화와 민주주의를 바라는 분들에게 김용연 의원의 책을 추천한다.

2022년 4월

전병금(강남교회 원로목사)

추천의 글 2

안녕하십니까, 강서구을 국회의원 진성준입니다.

저의 대학 선배이자 언제나 저를 믿고 두 손 맞잡아주는 고맙고 든든한 동지, 김용연 서울시의원이 이번에 자서전을 출간했습니다. 책을 낸다는 게 말처럼 쉬운 일이 아닌데, 큰일을 해낸 김용연 의원께 축하 인사를 전합니다.

김용연 의원은 30여 년 동안 건축사로 활동하며 강서구를 아름답게 디자인하고 설계해온 분입니다. 뿐만 아니라 누구보다 지역을 위한 봉사활동에 앞장서왔습니다. 제가 강서구에서 '목민관학교'라는 새로운 정당정치의 모델을 만들고 많은 강서구민이 참여하는 정치학교로 운영해올 수 있었던 것은, 김용연 의원님의 수고와 헌신이 있었기 때문입니다.

이 책에는 그의 아기자기한 성장 과정부터 고난과 역경을 딛고 사회에 진출해 걸어온 길까지의 이야기가 고스란히 담겨 있습니다. 강서구에서 사업가로, 활동가로, 그리고 마침내 정치인으로 거듭나며 축적해온 빛나는 성과들이 담담하게 녹아 있습니다.

특히 강서구을 4선거구의 서울시의원으로서 그는 누구보다 부지런하고 성실하게 일했습니다. 보건복지위원회 · 교육위원회 · 예산결산위원회에서 강서구민을 위한 사업과 예산을 꼼꼼하게 챙겼고, 조례 제 · 개정 등 입법 활동도 충실히 이어왔습니다.

평소에도 이렇듯 부지런한 분이 시간을 쪼개어 책까지 써냈다는 이야기를 듣고 무척 놀랐습니다. 한편으로는 그의 이야기를 더 많은 분들과 나누는 기회가 될 테니 참 잘한 일이라는 생각이 듭니다. 저는 이 책을 통해 어린 시절의 김용연과 청년 김용연, 사업가 김용연, 활동가 김용연, 그리고 정치인 김용연을 만났고, 그의 마음속 깊은 이야기를 들을 수 있어서 참으로 반가웠습니다.

부디 많은 분들이 이 책을 통해 김용연 의원에 대해 알아갔으면 좋겠습니다. 그리고 책에서 언급한 것처럼 그의 원대한 꿈과 희망이 현실이 되어, 강서구민이 행복한 세상을 만들어가기를 바랍니다. 그 길에 저도 뜨거운 가슴으로 함께하겠습니다.

2022년 4월

국회의원 진성준

추천의 글 3

김용연 의원은 내가 아는 시의원 중에서 가장 부지런한 분이다. 과거 학부모회에서도, 시의원으로도 사회봉사를 비롯한 어떤 일이든 열심히 맡아서 해내는 사람으로 알고 있다. 이렇게 부지런하고 예의 바른 김용연 시의원을 처음 만난 것은 내가 초등학교 교장으로 일할 때, 초롱초롱한 상우와 상원이의 학부모로서였다. 이제 이십여 년의 세월이 흘러 두 소년도 장성하여 훌륭한 의사와 사회인이 되었다고 들었다.

나는 일평생을 초등학교에서 교사로 일했고, 어린이들을 위한 책과 글을 많이 썼다. 미수(未壽)를 지난 촌로가 감히 정치를 이야기하고 정치인을 평가할 수는 없지만, 내가 아는 상우와 상원이 아빠는 성실과 봉사로 똘똘 뭉친 사람이다. 그런 분이 책을 낸다고 한다. 잠깐 살펴보니 김용연 시의원이 농촌에서 살았던 옛날 이야기와 학교를 졸업하고 사모님을 만나 결혼하고 건축사가 되어 사업을 시작한 이야기, 그리고 상우와 상원이를 훌륭하게 키워내고 자신은 시의원이 되어 서울시와 강서구를 위하여 일한 이야기가 담겨 있다.

김용연 시의원은 내가 사는 강서구에서 건축 전문가로서 도시를 아름답게 디자인하였고, 봉사와 희생으로 강서구와 서울시민을 위해 일해왔다. 아마 앞으로도 기회가 주어진다면 지난 4년처럼 우리 사회를 더욱 아름답게 만드는 많은 일을 할 것이다. 이 책이 그런 김용연 시의원을 잘 알 수 있는 계기가 되기를 바란다. 그리하여 많은 서울시민과 강서구민이 김용연 시의원을 응원하게 되기를 바란다.

김용연 시의원의 큰아들 상우는 결혼하여 자녀를 낳고 군의관으로 근무하고 있다고 한다. 나는 앞으로 기력이 있는 한 아동문학가로서 아이들을 위한 이야기를 쓸 것이다. 그 이야기들을 통해 상우의 자녀들과 다음 세대들이 아름다운 꿈을 꾸며 자라나기를 기대한다.

상큼한 봄날, 모든 분에게 행복하고 즐거운 일만 가득하시기를 기원한다.

2022년 4월

김종상(아동문학가 · 교육자)

추천의 글 4

나는 봄과 여름을 좋아한다. 겨울의 모진 추위를 견디기엔 내 신체가 건강하지 못한 탓도 있지만, 따스한 봄기운에 움튼 새싹이나 아지랑이를 늘 좋아했다. 남편과 나의 고향인 김제는 봄이 오면 동네 뒷산에 진달래와 개나리가 만발하고, 들에 나가면 쑥과 냉이, 달래, 씀바귀 같은 봄나물이 지천이었다. 나는 봄나물을 캐러 다니기도 하고, 배가 고플 땐 진달래꽃을 따 먹기도 하였다.

그래선지 봄이 오면 내 고향 남쪽에서 불어오던 코끝을 스치는 봄바람과 아련히 들리던 소쩍새와 두견새 소리가 그리워진다. 서정주 시인의 시 '귀촉도(歸蜀途)'는 멸망한 촉나라로 돌아가지 못하는 충신의 넋이 담긴 한의 소리를 소쩍새 울음소리에 빗대었다. 그 옛날 어릴 적 고향에 울려 퍼지던 소쩍새와 두견새 소리에도 또 다른 한이 맺혀 있었다. 봄이 되면 보릿고개라 불리는 춘궁기가 찾아왔는데, 3월에서 5월 사이의 이 시기는 농촌에서 무척 힘겨운 때였다. 양식이 떨어져 솔가지나 나물에 밀가루나 보릿가루를 섞어 쪄 먹기도 하고, 봄나물을 넣고 죽을 쑤어 먹기도 하였다. 부잣집이라도 양식이 모자라기 일쑤였다. 이때 마을에 울려 퍼지던 소쩍새와 두견새 소리에는 농촌의 고달픈 현실과 배고픔의 한이 담겨 있었다.

나는 아무리 생각해도 옛날 사람인 것 같다. 요즘 젊은 여성들처럼 정치나 사회 문제, 남녀평등과 여성인권 활동 등에 적극적으로 관심을 갖고 참여해본 적이 없었다. 처음에 남편과 선을 보고 결혼을 하고 체신청에서 근무하며 몇 년간 맞벌이를 하긴 했지만, 능동적으로 사회활동을 하기보다는 조용하게 남편을 내조하고 아이들을 키우는 일에 정성을 다했다.

평생 동안 보아온 남편은 부지런하고 외향적인 사람이다. 성격이 급하고, 옳다고 생각하는 일은 꼭 해내야 직성이 풀린다. 잔머리를 굴릴 줄 모르고 가식적이지 않다. 가족이나 사업의 이해를 먼저 따지기보다 주위 사람의 입장을 배려하고, 다른 사람들의 일에 더 열심이다. 조용하고 내성적인 나와 친정 식구들은 남편의 이런 면이 이해되지 않을 때도 있었지만, 나름대로 큰 뜻이 있으려니 하며 넘겼다.

그런 남편의 단점을 굳이 꼽자면, 오지랖이 넓고 눈치가 없다는 것이다. 처음 만날 때부터 남편은 눈치가 없었다. 32년 전 김제시에 있는 한정식집에서 선을 보며 만난 자리에서, 어르신들이 막 식사를 시작하는데 남편은 뭐가 그리 급한지 혼자 먼저 식사를 끝내버렸다. 당연히 옆에 앉아 계시던 시아버지에게 꾸지람을 들었다. 그런데 오히려 어머니는 우리 집과는 다른 남편의 시원시원한 성격이 마음에 든다고 하셨다. 이렇듯 남편의 성격은 나와 정반대지만, 그렇기에 오히려 소극적이고 느긋한 나의 부족한 면을 채워주었다. 나도 곧 남편의 성격을 이해하고 내조에 힘을 써왔다. 조산으로 둘째아이가 건강하지 못하긴 했지만, 두 아들 다 남부럽지 않게 잘 커주었다.

4년 전 남편이 선거에 나가겠다고 했을 때, 마음이 썩 내키지는 않았다. 나는 남의 눈에 띄지 않고 조용히 살기를 원했고, 정치인의 아내가 되어 내조하기란 쉽지 않을 것 같았다. 몸도 그다지 건강하지 않아 선거운동도 많이 돕지 못했다. 그러나 시의원이 된 후로 남편은 그 전보다 훨씬 더 열심히 일하고 노력하는 생활을 했다. 몸은 더 힘들어졌지만, 강서구와 서울시를 위해 누구보다 열성을 다했다. 술도 끊고, 새벽에 일찍 일어나 책을 읽고 공부하는 시간이 많아졌다.

그런데 올해 남편이 또다시 시의원에 입후보하겠다고 한다. 게다가 생뚱맞게 책도 쓰겠다고 한다. 동료 시의원들의 출판기념회에 참석할 때면 "당신은 왜 책도 안 내고 출판기념회도 안 해?"라는 소리를 종종 들었지만, 남편은 그때마다 “난 선거를 위한 출판 기념회는 안 하겠다”고 대답하였다. 그러던 남편이 자신의 이야기를 솔직하게 담은 책을 내겠다는 것이다. 지난겨울 틈틈이 둘째 아들과 뭔가를 구술하고 정리하더니 다 책을 쓰려던 꿍꿍이였던 모양이다. 그러고는 이제 글재주 없는 나한테까지 글을 쓰라고 하여 끙끙대게 만든다.

정치를 시작할 때, 남편은 좀 더 정의로운 사회를 만들고 상식이 통하는 사회를 만들고 싶다고 했다. 그동안 강서에서 사업을 하고 봉사를 하며 느꼈던 행정의 아쉬운 점을 개혁하고, 가진 사람과 못 가진 사람이 차별 없이 행복해하는 멍들지 않은 세상을 꿈꾸고 싶다고 했다. 그런 의지를 가지고 더불어민주당에서 정치인의 길을 걸어왔다.

올해도 어김없이 봄이 왔다. 그렇지만 올봄에는 마음속의 추위가 달팽이만큼 느리게 물러가는 것 같다. 보다 정의로운 사회를 외치던 이재명 후보가 대선에서 패배하고, 그를 지지했던 남편과 우리들은 우리 사회의 상식과 정의가 후퇴하지나 않을까 염려하고 있다. 이번 대선 결과에 남편은 코가 석 자는 빠진 것 같다. 그런 남편에게 힘을 내라고, 역사는 때로는 더디기도 하지만 정의로운 사람의 편이라고 말해주고 싶다. 그리고 내 말이 아니어도, 남편은 여느 때처럼 또 힘을 내고 부지런하게 일할 것이다.

이 책에는 남편이 자라온 이야기, 첫 만남과 결혼 이야기, 우리

가족 이야기, 그리고 지난 4년 동안 남편이 시의원으로 어떤 일을 했는지가 모두 담겨 있다. 더러 부끄럽고 감추고 싶은 내용도 있으나 눈치 없는 남편은 솔직하게 써야 한다며 다 적겠다고 한다. 혹시나 그런 내용이 있더라도 잘 봐주셨으면 한다.

마지막으로 그동안 남편을 좋게 봐주시고 지지와 후원을 보내주신 모든 분께 감사드리고 싶다. 더불어민주당의 진성준 의원과 강서을 당원들, 호남향우회, 강서구축구연합회, 강서구상공회, 강서구장학회, 친구 분들, 지지자 분들 그리고 다 기억할 수는 없지만 남편에게 도움을 주신 모든 분들에게 깊은 고마움의 인사를 드린다.

2022년 4월

김해현 드림

차 례

3장 스스로 능력을 깨우친 중고교 시절

4장 1980년의 봄과 대학생활

2부 건축사에서 강서의 청년사업가로

1장 결혼 그리고 건축사무소 창업

2장 위기와 시련을 극복하며

3장 지역사회에 눈뜨다

4장 지역 봉사활동을 하며 더 큰 뜻을 품다

3부 정치인으로서의 첫걸음

1장 현실정치인이 되기 위한 도전

2장 지역선거 출마와 당선

3장 시의원 활동과 공약 이행

4장 시정질문과 조례개정 입법활동

5장 지역예산 확보와 예산절감 활동

6장 행정감사를 통한 개선

7장 지역발전을 위한 활동

8장 주민의 삶의 질 향상을 위한 활동

4부 나의 꿈, 강서구를 위한 비전

1장 강서구를 향한 꿈

2장 강서구를 위한 세부 계획

1부

코흘리개 시골 소년, **건축사가 되다**

1장 초가집의 키 작은 코흘리개 아이

황금빛 벼가 영그는 고장

나는 온 국민이 이승만 독재에 들고일어나 4·19혁명을 일으킨 해인 1960년 9월 29일(음력), 전라북도 김제군 봉남면 대송리 110번지에서 4남 2녀 중 차남으로 태어났다.

내가 태어난 김제는 백제 때 이름이 '벽골'이었다고 한다. 벽골은 일찍이 삼한시대의 3대 저수지 중 한 곳이었던 '벽골제'에서 유래한 이름인데, 원래는 '쌀을 생산하는 향촌'이라는 뜻인 '볏골'로 불리었다. 벽골이 '김제(金堤)'라는 이름으로 바뀐 것은 통일신라시대인데, 누렇게 익은 벼의 색깔이 황금빛이므로 '금(金)'을 따고 벽골제의 '제'를 붙여 '김제'가 되었다고 전한다. 또한 김제 지역은 신라시대 이후 시냇가나 하천 등 어디서든지 금을 캐냈고 일제 때

김제 벽골제 유적(출처: 문화재청 국가문화유산포털)

까지 사금을 캤던 곳이므로 '김제'라 부른다는 설도 있다.

봉남면(鳳南面)은 김제시 남쪽에 위치한 면으로, 동남부는 노령산맥 줄기가 뻗어 내려가는 금구면과 모악산과 금산사가 있는 금산면에 인접하고, 서북부는 김제시 신풍동과 황산면에 접해 있으며, 남쪽으로는 정읍시 감곡면과 경계를 이루고 있다. 지형으로 보면 여러 개의 작은 구릉들이 마치 병풍처럼 아담하게 둘러싸고 있는 모양이다.

모악산과 금평저수지에서 발원하는 원평천, 그리고 봉두산과 선암저수지에서 발원하는 금구천이 봉남면에서 합류하여 호남평야의 논밭을 적시며 동진강으로 흐른다. 내가 태어난 대송리 앞에는 금구천이 흐르는데, 일제시대 이전에는 세곡선과 어선이 동진강을 통해 금구천까지 들어와 쌀과 수산물을 실어 나르기도 했다고 한다.

조선시대 말에는 금구현 관하의 하서면과 남면으로 불리다가 일제시대인 1914년에 군 · 면 통폐합으로 하리면이 되었으며, 1935년 행정구역 변경으로 하리면과 초저면을 합쳐 봉남면으로 불렀다. 이후 오랜 시간이 흘러 1989년 1월 1일 김제읍이 김제시로 승격되면서 몇 개 동이 김제시의 행정동에 편입되고, 현재는 대송리와 평사리 등 총 11개 리와 36개 마을로 형성되어 있다.

봉남면의 주 소득원은 쌀농사이다. 김제군 시절에는 '김제군 제1의 봉남'으로 불릴 만큼 잘살고 풍요로운 부촌으로 유명했다. 그러나 무역 개방과 관세 철폐 움직임, 쌀값 하락 등으로 농촌 경제가 어려워지면서, 현재는 면민들이 힘을 합쳐 농협을 중심으로 차별화를 꾀하여 '푸른마을쌀', '알짜미' 등을 생산하여 경쟁력을 키워가고 있다고 한다.

동학혁명의 본거지 김제

앞에서 이야기했듯 나의 고향 김제 봉남면은 정읍의 감곡면과 남쪽으로 경계를 이루는데, 녹두장군 전봉준이 살았다는 감곡면 항세마을은 봉남면에서 불과 1킬로미터 정도 떨어진 곳이다. 전봉준이 봉남면 종정마을의 서당에서 한문을 익혔다는 이야기도

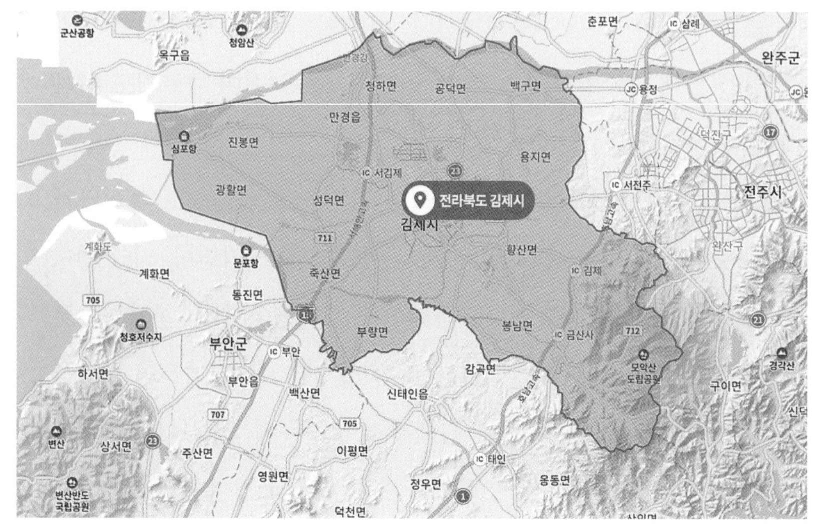

전라북도 김제시와 그 주변 지도(출처: 네이버 지도)

전하는 것으로 보아 이곳 역시 동학운동과 무관하지 않았음을 짐작할 수 있다.

1894년 동학농민운동 당시 오늘날의 김제군 지역에는 김덕명을 비롯해 영호 대접주라 불린 김인배와 김사엽, 김봉득, 김봉년 등의 지도자가 있었다. 처음 백산에서 농민군 대회를 열었을 때 김덕명은 총참모로 추대되었는데 이때 김덕명 포에서 2천여 명이 참여했다고 한다. 당시 금구에서는 김인배를 비롯하여 송태섭, 유공만 등이, 김제에서는 조익재, 황경삼 등이, 만경에서는 진우범이 농민군을 이끌었다. 특히 이 해 9월 2차 항일전선이 형성될 때

금구에서는 김봉득이 5천여 명을, 김제에서는 김봉년이 4천여 명을, 원평에서는 송태섭이 7천여 명을 거느리고 합류하여 동학혁명 최대의 규모였던 공주 우금치 전투에 참여하였다.

봉남면과 동남쪽 경계를 이루는 금산면에 속하는 원평리에서 얼마 떨어지지 않은 용계마을에는 김덕명 장군이 살았다. 마침 전봉준의 어머니가 김덕명과 같은 언양 김씨라 전봉준의 가족이 한때 김덕명의 집에서 더부살이를 하였다고도 전한다. 예전에는 본관만 같아도 끈끈한 혈연의식이 있었으니 전봉준 집안이 김덕명의 도움을 받았을 가능성이 높다고 추정한다.

교통의 요지인 원평의 장터는 조선 말기 상설시장이 들어설 정도로 번화하여 전주 서문장의 축소판과 다름없었다. 이런 곳이어서 장날에는 많은 '민란꾼'들이 은밀하게 몰려들어 장꾼들 틈에 끼어서 세상이 뒤집혀야 한다고 민심을 선동하곤 하였다. 따라서 동학농민운동 과정에서도 원평에서 여러 사건이 벌어졌다. 이처럼 김제의 여러 지역에는 동학혁명의 역사와 정신이 서려 있다.

부모님과 여섯 남매

고향인 봉남면 대송리는 김녕(金寧) 김씨 집성촌이며, 우리 집안은 5대조 할아버지 때부터 쭉 이곳에서 농사를 지으며 살았다. 근대화가 막 시작되던 시기부터 근 120년을 살아온 셈이다.

나는 할아버지 얼굴을 보지 못했다. 할아버지의 동생인 고모할

김제 원평 집강소 터(출처: 문화재청 국가문화유산포털)

머니가 한동네에 사셨지만 할아버지에 대한 말씀을 하셨던 기억은 없다. 살아생전 아버지와 큰아버지도 할아버지나 증조할아버지에 관한 말씀은 거의 없으셨다. 대학생 때 혹시나 우리 조상님들도 동학혁명과 연관되어 일찍 돌아가셨을까 싶은 생각에 여러 분에게 여쭈어보았는데, 우리 지역은 동학운동과는 직접적인 접점이 없었던 듯했다.

대송리는 봉남면의 북서쪽에 있어서 전봉준이 살았다는 감곡면 항세마을이나 봉남면 종정마을과는 거리가 멀다. 또한 역사적으로도 동학교도들은 완주의 삼례 지역이나 금산면 원평 지역, 정읍의 감곡 같은 교통의 요지를 중심으로 활동을 했고, 특히 원평처럼 모악산 등의 산악 지역으로 대피하기 좋은 곳을 본거지로 삼았다. 아마 그래서 평야 지대인 대송리까지는 세력을 뻗기 힘들었을 것으로 짐작한다.

아버지는 많은 농토를 물려받지 못한 소농 출신이었다. 반면에 어머니 집안은 논도 많고 부유했다. 어머니는 담양 전씨로, 외할아버지는 소 장사를 하셨고 외가댁은 집 안에 따로 우물이 있을 정도로(당시는 보통 동네 공동 우물을 사용했다) 형편이 좋았다. 어머니는 같은 집안 아저씨의 중매로 아버지를 만나 결혼했는데, 아버지보다 한 살 많아서 큰아버지랑 동갑이었다. 서로 차이 나는 형편에서 자랐다 보니, 살면서 어머니가 꼼꼼하고 이재에 밝은 아버지를 두고 '꼼생이'라고 푸념하는 소리를 들었던 기억이 있다.

아버지는 농사꾼 집안의 자식 치고 꽤 머리도 좋고 똑똑한 편이었는데, 현 전주공고의 전신인 6년제 전주공업학교 토목과에 합격하였으나 등록금으로 쌀 대여섯 가마니 값이 필요하자 할아버지가 그곳에 입학시키지 않고 등록금이 싼 김제의 금산중학교에 입학시켰다. 금산중학교 등록금은 쌀 몇 말 정도 값이었다. 중학교를 졸업한 아버지는 농사일을 돕다가 입대하여 강원도 인제 · 원통 지역에서 복무했는데, 꼼꼼한 성격 덕에 경리병과 일을 하셨다고 한다. 결혼한 후에는 아버지의 성실함과 빈틈없는 성격을 눈여겨보았던 군 선배가 서울로 불러 고물상 경영을 맡겼고, 그렇게 아버지는 십 수년을 서울에서 지내며 열심히 일하셨다. 그래서 어릴 적에는 아버지 얼굴을 거의 보지 못하고 어머니를 도와 농사일을 도왔던 기억이 더 많다.

이후 아버지는 고향으로 돌아와 쭉 가족들과 함께 사셨다. 책임감 있는 가장이셨지만, 당신이 살아온 경험 때문인지 자식들에게도 공부보다 일을 중시하도록 가르쳤다. “공부는 타고나는 것”이라며 오히려 농사일을 많이 시키셨다. 그래서인지 우리 6남매 중 대학 교육을 받은 것은 나와 바로 아래 동생뿐이다. 하지만 4남 2녀 모두 성실히 삶을 꾸려나가 잘 자리 잡고 남부러울 것 없이 살고 있다.

나는 6남매 중 셋째로, 위로 형과 누나를 한 명씩 두었다. 형님은 중학교에 다니다 서울로 가출을 해서, 중국집에서 일하며 갖은 고생을 겪었다. 지금은 서울에서 어엿하게 중국집을 경영하고 계신다. 나보다 세 살 많은 누나는 아버지가 여자가 공부해서 뭐 하냐며 학교에 보내지 않으려 하시는 바람에 뒤늦게 학교에 들어갔다. 그래서 세 살이나 어린 동생들과 같이 공부를 했지만, 김제에서 최상위권에 들 만큼 공부를 잘해 명문고였던 전주여고에 지원했다. 하지만 아쉽게도 낙방하여 후기 고등학교인 전주 성심여고에 다녔다. 당시 성심여고 교복이 예뻐서 여학생들이 다 예뻐 보였는데, 친누나라 그런지 다른 학생들만큼 예뻐 보이지 않았던 생뚱맞은 기억이 있다. 나는 키가 작다고 일 년 늦게 학교에 보내시는 바람에 누나와 한 학년밖에 차이가 나지 않았고, 누나는 고등

아버지 고희연에 함께한 가족들(2000년 10월)

학교 2학년까지 나와 함께 자취를 하면서 밥도 짓고 빨래도 해주었다. 동생을 위해 애써준 고마운 누이이다.

아래로 두 남동생 중 세 살 어린 남동생은 지금 소방방재청 고급 간부로 일하고 있고, 일곱 살 어린 막둥이는 제법 큰 건축설계 사무소를 잘 운영하고 있다. 여동생은 오랫동안 내 건축사무소에서 재무와 관리 일을 돕다가 은퇴를 앞두고 있다.

대송리 초가집과 대나무 숲

봉남면 대송리에는 원당, 신성, 대복 세 마을이 있어 3부락이라 불렀다. 원당 부락에 위치한 우리 집은 큰집 바로 옆에 있는 초가집이었지만 나에게는 더없이 좋은 곳이었다. 마당 한편에는 장독대가 있고 장독대 뒤로는 대나무 밭이 있었는데, 대숲을 흔드는 바람소리가 무척이나 근사했다. 대나무 사이로는 칡넝쿨이 멋지게 뻗어나갔다. 아버지는 자연을 해치기 싫어하셔서 칡덩굴이 대나무를 감고 올라가도 그대로 두었는데, 대나무와 칡이 한데 엉긴 모습은 마치 밀림 같았다. 그곳이 어린 나에게는 즐거운 놀이터였다. 대나무에 이리저리 엉긴 굵은 칡덩굴에 매달려 타잔 놀이도 하고 말 타기도 했다. 또 칡꽃의 꿀도 빨아먹고 배고플 때면 칡뿌리를 캐서 간식처럼 먹기도 했다. 대나무 숲에서 뛰어 놀다 캐 먹는 칡뿌리는 설탕 대신 당분을 흡수할 수 있는 최고의 간식이었다. 과자를 사 먹을 수 없는 농촌 아이들에게 씹을수록 달큼한 맛이 배어나와 침이 고이는 칡뿌리는 거의 유일한 간식이기도 했다. 칡덩굴 놀이터 덕에 나는 집에 혼자 있어도 심심하지 않았다.

1967년, 여덟 살이 되어 초등학교에 입학했는데, 어머니께서 "용연이 너는 키도 작고 학교도 머니 일 년을 쉬라"고 하셨다. 나는 어린 마음에 학교에 안 가고 일 년을 놀 수 있어 좋았다. 아홉 살에 다시 입학하여 1학년 1학기를 다니고, 2학기부터는 집 가까운 곳에 대성초등학교(분교)가 생겨 그곳에 다니게 되었다.

아버지의 귀향

서울에서 고물상을 운영하는 아버지는 무척 바빠서 명절이나

김제 대송리 전경(출처: 김제시)

집안에 중요한 일이 있을 때만 다녀가셨다. 그래서 어머니가 논밭 일을 하시며 우리를 키우셨다. 시골에서 여자 혼자 논농사와 밭농사를 짓기란 무척이나 힘들다. 어린 우리 형제들이 돕는다 해도 어머니 혼자 일하시는 모습이 늘 안쓰럽단 생각이 들었다. 하지만 부잣집 딸로 시집와서 갖은 고생을 하면서도 어머니는 배짱 좋은 여장부 같으셨고, 아이들이 기죽지 않도록 씩씩하게 지내셨다.

아버지가 고향을 오실 땐 우리 남매들 옷이나 신발 등을 사 오셨는데, 내 눈에만 그렇게 보였는지 몰라도 내 옷은 항상 질기고 볼품없고 값싼 것 같았다. 불평을 했더니 아버지는 내가 활발하게 뛰어노는 것을 보니 보기에 좋은 것보다 질기고 튼튼한 것이 나을 것 같아 그런 것을 사 오셨노라 했다. 어머니께 가정을 맡기고 서울에 계셨지만 우리들 옷 하나를 살 때도 세세히 신경을 쓸 만큼 사려 깊고 자상하셨다.

내가 3학년 때, 집에 내려온 아버지가 어머니께 혼자 농사짓기도 힘들고 아이들 학교도 큰 도시에서 보내면 나을 테니 서울로 다 같이 가자고 하셨다. 그러자 어머니는 그렇게 되면 논밭은 어떡하며, 특히 용연이는 동네 친구들이나 학교 친구들 모두 좋아해서 즐겁게 지내는데 이곳을 떠날 수 있을지 모르겠다고 대답하셨다. 나는 친구들과 하루도 빼지 않고 만나서 놀았고, 무엇보다 학교 운동장에서 친구들과 축구하는 것은 도저히 그만둘 수 없었다. 서울은 절대로 안 된다며 어린 나이에도 굽히지 않고 강력하게 반대했다. 아이들은 아버지 곁에서 자라야 한다고 주장하던 아버지는 한참을 곰곰이 생각하시더니, 어머니와 내가 반대하니 할 수 없다며 포기하셨다. 물론 내 반대가 아버지의 결정에 얼마나 영향을 끼쳤는지는 모르지만, 어쨌건 그해에 아버지는 서울 생활을 청산하고 시골로 내려오셨다.

아버지가 돌아오시자 원당을 떠나 신성마을로 이사를 했다. 논도 만 평쯤 더 사고 큰 집도 마련했다. 당시 만 평이면 50마지기쯤 되었다. 마지기란 씨앗 한 말을 뿌려 농사짓는 대략의 면적을 뜻하는데, 한자로는 '두락(斗落)'이라고 표기한다. 토질이나 농지의 경사도 등에도 영향을 받아 지역에 따라 150평일 수도 있고 300

평일 수도 있지만 보통 1마지기를 200평 정도로 계산한다. 당시 50마지기면 동네에서 부자 소리를 들을 정도였다. 집안 형편도 나아지고 아버지와 함께 살게 되니 어머니는 물론이고 나도 아주 신이 났다.

축구 사랑의 시작

초등학교 시절에 즐거운 일들이 많았지만, 가장 기억에 남는 것이라면 단연코 축구다. 나는 운동에 소질이 있었고 달리기가 무척 빨랐다. 별명이 '다람쥐'였을 정도다. 일찍 등교해서 종이 울리고 학급 조회를 시작하기 전까지 친구들과 어울려 신나게 공을 찼다. 정식 축구처럼 열한 명이 팀을 이루어 뛰는 것이 아니고, 오는 순서대로 편을 갈라 뛰기 시작하면 처음에는 한 팀에 서너 명이던 것이 열 명, 열다섯 명이 되기도 하였다.

학교에 들어가기 전에는 가을걷이가 끝난 논에서 돼지오줌통을 공 삼아 차고 놀았다. 동네에 잔치가 열려 돼지라도 잡는 날이면 아저씨들은 돼지오줌통을 떼어내 아이들에게 주었다. 그 오줌통 입구에 보릿대를 끼워 바람을 불어넣고, 입구를 실로 몇 번씩 동여매 축구공을 만들었다. 하지만 돼지오줌통은 며칠 차고 놀면 바람이 빠지고 구멍이 났다. 그래서 돼지오줌통이 없으면 새끼줄을 둘둘 말아 공을 만들어서 놀았다.

초등학교 3학년 무렵 고무공이 나왔는데, 돼지오줌통이나 새끼

줄로 만든 공보다 튼튼해서 오래 가지고 놀 수 있었다. 고무공이 나오고 나서 보잘것없긴 하지만 내 축구 실력도 더 늘었다. 하지만 고무공 역시 담장에만 긁혀도 터질 정도로 품질이 안 좋았다. 가죽으로 만든 오각형 조각을 이어 붙인 제대로 된 축구공은 중학교 때나 되어 쓰기 시작했던 것 같다.

이렇게 유난히 축구를 좋아했던 터라, 사회생활을 하면서도 꾸준히 조기축구회에 참여하여 활동했다. 지금도 나와 같은 1960년생들이 모인 축구팀 'born sixty'에 나가 정기적으로 공을 찬다.

2장 꿩 사냥을 다니던 어린 시절

고단한 농사일

아버지가 내려오셔서 함께 농사를 짓게 되었지만, 아버지는 동네일도 많고 바쁘신 탓에 여전히 많은 농사일을 어머니와 우리 형제들이 감당해야 했다. 논농사는 한겨울 추위가 지나면 볍씨를 꺼내 물에 담그고 못자리도 준비하는 등 물에서 해야 할 일이 많아 밭농사보다 훨씬 고되었다.

한 해 논농사의 본격적인 시작이라 할 못자리 작업을 할 때는 논에서 물이 빠져나가지 않게 물속에서 논둑에 흙을 두둑이 쌓아 일명 바릿대를 만들어서 발로 밟아 튼튼하게 만들었다. 그렇게 못자리를 만들고 나면 모내기를 하고, 모낸 논은 김을 매고 피를 뽑고 물을 대고 농약을 치는 등 한여름에도 쉴 새가 없을 정도로 계속 일이 이어졌다. 여름이 지나 벼이삭이 여물면 허수아비를 만들어 세우고, 깡통을 두들겨 새를 쫓고, 낫으로 벼를 베어 말리고, 탈곡을 하고, 논바닥에 떨어진 이삭줍기까지 해야 했다. 마침내 추수가 끝나면 집으로 볏짚을 날라 와서 쌓아놓고 겨우내 밥을 하고 불을 지필 땔감으로 썼다.

나중에 새마을운동이 본격화되면서 소득증대운동의 일환으로 볏짚으로 가마니를 만들거나 새끼를 꼬아 팔게 되면서, 볏짚 대신 난방연료로 쓸 낙엽을 긁어모으고 잔나뭇가지를 구하러 다니느라 고생은 더해졌다.

1972년에 보급된 통일벼는 우리나라 역사상 최초로 주곡인 쌀의 자급자족이라는 성공을 가져온 고마운 품종이었지만, 통일벼 농사로 농민들은 많은 고생을 겪었다. 당시 미국은 개발도상국과 분쟁국의 경제 성장을 위해 원조를 하고 있었는데, 그 일환으로 세계적인 식물육종학자였던 서울대 허문회 교수를 필리핀 국제미작연구소로 보내, 식량이 부족했던 우리나라를 위해 새로운 쌀 품종을 개발하게 했다. 그는 생산성이 높은 열대 벼 품종인 인디카 종과 우리나라에서 재배하는 온대 품종인 자포니카 종을 교잡해 신품종을 개발하기 위한 연구에 착수했다. 열대에 적응한 인디카 종은 각종 질병과 해충에 강하고 생산성이 높으며, 온대 북부에 적응한 자포니카 종은 낮은 온도에 강하고 우리 입맛에 맞는 종이다. 우리에게 익숙한 아키바레(추청미)도 자포니카 종이다.

1975년 11월 12일 경향신문 6면

앞당긴「쌀自給」에 드높은 豊年歌

品種 개량이 지름길…통일벼로 史上최고 3,242만섬

새走者 유신벼 段收 400kg 도전 4,000만섬 突破도 눈앞에

'쌀 자급'을 보도한 신문기사(출처: 경향신문 1975.11.12)

그런데 인디카 종과 자포니카 종은 교배 기술이 까다롭고 교잡을 해도 쉽게 종자를 맺지 못하여 일본 학자들도 포기했다고 알려져 있었다. 하지만 허 박사는 두 종을 교배한 뒤 우수한 종자들을 골라 다시 인디카 종과 교배하는 방법으로 통일벼를 만드는 데 성공했다. 통일벼는 기존의 자포니카 종보다 30퍼센트에 가까운 쌀을 더 생산할 수 있었고, 덕분에 우리나라는 1976년에 마침내 쌀 자급자족을 이루게 되었다.

통일벼는 키가 작고 줄기가 두껍고 이삭이 크며, 잎이 곧게 뻗어 태양빛을 이용하는 효율이 높아 생산성이 좋았다. 그러나 키가 작고 알맹이가 많은 것이 문제였다. 이삭이 큰 데다 알맹이가 많아 무거우니 비가 오거나 바람이 조금만 불어도 쉽게 쓰러졌다. 쓰러진 벼이삭은 싹이 나거나 썩기 마련이라, 논에 들어가 벼를 일으켜 세우고 다발을 묶어 세우는 일이 해마다 계속 반복되었다.

게다가 열대종의 특성을 띠기에 온도가 낮은 온대지방의 병충해에 무척 취약했다. 통일벼를 재배하기 전에는 일 년에 한두 번만 농약을 주면 되었는데, 벼멸구에 약하고 면역성이 없는 통일벼는 열 번이 넘게 농약을 주어야 했다. 그래서 논에 우렁이가 사라지고 메뚜기가 자취를 감추었다.(이후 1980~1990년대에 걸쳐 통일벼가 사라지면서 우리 들판에 우렁이와 메뚜기가 돌아왔다.)

새마을지도자들의 횡포

농약은 한 곳만 주면 병충해가 그 옆의 논밭으로 옮겨 가기 때문에 같은 시기에 여러 농가가 함께 농약 치는 작업을 해야 효과적이다. 그래서 같은 날 단체로 농약을 치는지 감시하기 위해 새마을지도자들이 완장을 차고 돌아다녔다. 혹시나 단체로 농약을 치는 날 빠지기라도 하면, 미국에서 개발도상국에 원조하던 밀가루를 주지 않거나 벌금을 부과하는 일도 흔했다. 당시 배급 밀가루는 허기진 배를 채우고 보리밥에 물린 입맛을 돋우는 별식이기도 했다. 칼국수나 수제비를 만들어 먹고, 봄이면 쑥버무리나 개떡도 해 먹고, 막걸리를 넣고 발효시켜 술빵도 만들어 먹곤 했던 귀중한 양식이었다.

통일벼는 생산성은 높았지만, 아키바레에 익숙하던 우리나라 사람들이 먹기에는 밥알이 술술 날아다니는 것 같고 영 밥맛이 떨어졌다. 그래서 통일벼 재배를 기피하는 농가가 많다 보니 정부에서는 새마을지도자를 동원하여 강제할 수밖에 없었다. 완장을 찬 새마을지도자들은 농부들이 정부의 명령이나 권고를 따르지 않으면 횡포를 부리고 때로는 폭력까지 행사했다. 통일벼가 아닌 다른 종자를 심은 것을 발견하면 못자리를 장홧발로 짓밟아 망가뜨리기도 했다.

치매에 걸린 노부모가 통일벼로 밥을 해 올리면 밥상을 뒤엎어 버리니 어쩔 수 없이 아키바레를 심는 집들도 있었지만, 아무리 하소연해도 새마을지도자들은 사정을 봐주지 않았다. 볍씨부터 몇 달간 정성들여 가꿔온 생명 같은 못자리가 망가졌다고 망연자실하여 울던 모습을 본 기억이 아직도 생생하다.

새마을운동의 명암

새마을운동은 박정희 대통령의 지시로 1970년부터 시작된 범국가적 지역사회개발 운동이다. 가난하고 낙후된 농촌의 환경을 개선하고 소득을 높이기 위한 새마을운동은, 사실 박정희 대통령

박정희의 조국근대화론(출처: 대한민국 역사박물관)

이 주장한 조국근대화론을 뒷받침하기 위한 것이었다.

조국근대화론은 국가가 절대적 빈곤에서 벗어나기 위해 선택과 집중을 통해 우선 수출 산업과 중화학공업에 가용 자원을 총동원하고 배분하여 경제를 성장시킨다는 불균형 성장론이다. 기술력이 부족한 상황에서 이런 방식으로 수출을 증대하려면 가격이라도 싸야 하기 때문에, 제조원가보다 싸게 수출하는 출혈 수출과 이를 위한 이중가격제를 실시할 수밖에 없다.

특히 농촌에 대해서는 이중곡가제를 실시했는데, 양곡 값이 오르면 저임금 노동자들의 임금도 올려주어야 하므로 어떻게든 농촌 환경을 개선하고 생산성을 높여 저곡가를 유지해야 했다. 여기에는 당연히 농민들의 희생이 뒤따랐지만, 조국근대화를 위해 그 정도의 고통을 감수해야 한다는 것이 박정희 정부의 입장이었다.

당시 언론에서는 연일 새마을운동을 홍보했다. 마을길을 넓히고, 지붕을 고쳐 집을 현대식으로 바꾸고, 통일벼 같은 새로운 작물을 심어 농촌 소득을 높이겠다는 내용이었다. 물론 새마을운동은 주곡의 자급자족과 농어촌의 근대화에 공헌을 했다. 하지만 정부가 주도한 근대화 운동으로 유신체제 합리화에 큰 역할을 했음은 부인할 수 없는 사실이다.

새마을운동으로 구불구불한 마을길이 사라지면서, 돌담길도 모두 자취를 감추었다. 돌담길은 구멍이 숭숭 뚫린 벽돌인 '브로크(블록)'나 '스레트(슬레이트)' 담장으로 바뀌었다.

어릴 적 돌담길은 추억이 많은 장소였다. 돌담길 위 기왓장을 들춰보면 새알도 있고, 때로는 어린 새들도 있었다. 그런 새들을 집에 가져와 키우기도 하고, 배가 몹시 고플 때는 새알을 훔쳐 먹고는 태어나지 못한 새들과 어미새가 불쌍해 눈물을 글썽이기도 했다. 딱지나 구슬을 집에 가지고 들어가면 혼이 날 까봐 실컷 놀다가 돌담 기와 밑에 숨겨놓기도 했다. 일종의 보물창고였던 셈이다. 하지만 새마을운동과 함께 그 보물창고도 사라졌다.

초가집이 없어지면서 지붕을 대신한 것도 슬레이트였다. 지금은 슬레이트가 석면덩어리라는 것이 밝혀져 사용하지 않지만, 그땐 당연히 몰랐다. 슬레이트는 얇고 기름기도 잘 흡수해서 어르신들이 고기를 구워 먹는 불판으로도 자주 사용하셨으니, 지금 생각하면 그 영향으로 병을 얻거나 일찍 돌아가신 분들도 있었을 것 같다.

이처럼 새마을운동은 전근대적인 농촌 환경을 정비했다는 긍정적인 면도 있지만, 농민들로서는 현실적인 많은 희생과 고통을 감내해야 하는 것이기도 했다.

새마을운동(출처: 대한민국 역사박물관)

보고 싶은 선생님

초등학교 3학년 때 이사 온 신성마을의 우리 옆집에 담임 선생님인 온경림 선생님이 사셨다. 선생님은 나를 참 귀여워해주셨다. 학교 갈 때 선생님 가방을 들고 함께 가는 것이 무척이나 자랑스러워서, 집에 올 때도 선생님을 기다렸다가 함께 오곤 했다.

그해 여름 어느 날, 갑자기 소나기가 많이 내려 선생님댁 부엌에 물이 찼다. 선생님은 놀고 있는 나와 친구들에게 도와달라고 하셨는데, 친구들은 모두 집으로 가버렸다. 나는 선생님을 따라가서 부엌 정리를 도와드렸다. 물을 퍼내고 젖은 물건들도 밖으로 꺼내놓았다. 그러다가 판자에 박혀 있던 못에 오른쪽 발을 찔렸는데, 무척 아팠지만 내색하지 않고 마저 도와드리고 나서 절룩거리며 집으로 돌아왔다.

어머니는 찔린 부위를 호롱불에다 지지면서 다른 놈들은 다 도망가는데 왜 너만 비를 맞으면서 애먼 일을 하다가 다치기까지 했느냐고 야단을 치셨다. 하지만 나는 발은 아팠지만 선생님을 도와준 것이 무척 자랑스러웠다. 지금 생각하면 파상풍에 걸리지 않게 병원에 가서 치료를 받아야 했지만, 그 시절 시골에서는 병원이나 약국에 가기도 쉽지 않았다. 무사히 나은 것이 다행이었다.

4학년 때 담임 선생님은 유수자 선생님이었다. 그때 우리 학교는 남자 화장실이 본 건물에서 떨어진 별동에 있었는데, 남학생들은 거기까지 가기가 귀찮아 본관 건물 모퉁이에 소변을 보곤 했다. 그러다 어느 날 교장 선생님이 그 모습을 보고 담임 선생님께 말씀하셨고, 선생님은 거기에 오줌 눈 학생들은 앞으로 나오라며 호통을 치셨다. 다들 머뭇거리기에 내가 먼저 나가니 서너 명이 쭈뼛거리며 따라 나왔다. 제일 먼저 나와서 그런지 내가 회초리를 제일 많이 맞았다. 어린 마음에 엄살이라도 떨어서 덜 맞고 싶었지만 내가 잘못한 일이니 꾹 참고 견뎠다.

비록 회초리로 종아리를 맞은 기억은 있지만, 세월이 지나고 나이가 드니 세상모르는 천둥벌거숭이들을 가르치느라 얼마나 힘드셨을까 하는 생각도 들고 잘 계시는지 궁금하기도 하다.

꿩 사냥

초등학교 시절엔 겨울에 눈이 오면 꿩 사냥을 다녔다. 우리 집 앞에는 경지 정리된 논이 있고 동쪽에는 대나무 숲이 있는 산이 있어서 꿩과 종달새, 소쩍새가 유난히 많았다.

3학년 어느 날, 밤사이 눈이 내려 아침에 일어나니 온 세상이 새하얀 눈에 덮여 있었다. 아침을 먹고 동네 형들을 따라 꿩 사냥을 나갔다. 꿩을 잡으려면 들로 산으로 돌아다녀야 했다. 꿩은 긴 거리를 날지 못하는 새여서, 겨우 날아보았자 100~200미터 정도이다. 그래서 눈이 오면 쉽게 눈에 띄기 때문에 사냥하기에 좋다. 그런 날 꿩을 쫓아 부지런히 뛰어다니다 운이 좋으면 눈 속에 머리를 박고 꼼짝 않는 놈을 발견할 수 있었다. 꿩이 제 딴에는 앞이

안 보이니 숨었다고 생각하는 것이다.

그날도 서너 시간 꿩을 찾아다니다 보니 몹시 지쳤다. 그런데 별안간 뒤에서 "꿩 잡아라!" 하고 외치는 소리가 들렸다. 돌아보니 꿩 한 마리가 내가 있는 쪽으로 날아오더니 그대로 아래로 떨어졌다. 달려가 보았더니 꿩은 거꾸로 눈 속에 처박힌 채 꼼짝도 하지 않았다. 나는 꿩을 집어 들었고, 그놈은 내가 잡은 것이 되었다. 꿩을 가지고 집으로 가니 아버지가 잘했다고 칭찬을 해주셨다. 물론 저절로 떨어진 걸 주워 왔다는 말은 하지 않았다. 그 뒤로 그날 같은 행운은 다시 오지 않았다. 꿩 사냥을 갔다가 못 잡아 오면 무얼 하고 다녔느냐며 꾸중을 듣기도 했다.

공부보다 농사

5학년쯤 되자 몸집도 커지고 식욕도 무척 왕성해졌다. 운동은 물론이고 무슨 일이든 다른 친구들보다 활발하게 참여했기 때문에 먹기도 많이 먹었다. 겨울에는 집에서 고구마를 가지고 가 학교 난로에 구워 먹었는데, 그러고도 하굣길 학교 앞에서 파는 붕어빵을 보면 늘 먹고 싶었다. 돈이 없어 남들이 사 먹는 걸 쳐다만 보고 있노라면 배에서 꼬르륵 개구리 소리가 났지만, 농사일에 바쁘신 부모님께 용돈을 달라고 할 엄두가 나지 않았다.

6학년 어느 날은 학교에서 시험을 봤는데 성적이 중간 정도밖에 나오지 않았다. 선생님이 시험지에 부모님 확인을 받아오라고 했지만 아버지에게 혼날까 봐 보여드리지 못했다. 1학년, 3학년, 5학년 때는 학년 말에 우등상을 받았는데 6학년 때는 농사일을 돕는 데 많은 시간을 보내느라 성적이 좋지 않았다. 형편이 어려운 것도 아닌데 그 흔한 전과 하나 사본 적 없이 교과서만 가지고 공부를 하니 그럴 수밖에 없었다.

아버지는 자식들의 교육보다도 농사를 더 중요하게 생각하셨다. 나도 5학년 때부터 지게를 지고 일을 도왔다. 6학년 겨울에는 지게를 지고 동생과 함께 한 시간을 걸어 구성산까지 땔감을 구하러 가기도 했다. 어린 나이에 그런 환경이 힘들고 마음도 아팠다. 나보다 일곱 살 많은 형은 농사를 중시하고 가정교육을 엄격하게 하시는 아버지 때문에 중학교를 그만두고 서울로 가버렸다.

그래서 초등학교 시절을 돌이켜보면 농사일을 도운 기억이 제일 많다. 겨울에는 봄가을 누에치기에 필요한 도구를 만들고, 봄에는 씨 뿌리기를 돕고, 가을에는 논일 밭일을 했다.

정직함과 솔선수범

키가 작아 다른 아이들보다 한 해 늦게 입학을 했지만, 나는 누구보다 단단한 근육을 가졌고 축구선수나 단거리 육상선수를 꿈꿀 정도로 운동도 잘했다. 키가 작다고 업신여길까 봐 뭐든 열심히 했다. 공부든 일이든 운동이든 최선을 다했고, 놀 때도 열심히 놀았다. 그래서 야무지다는 소리를 많이 들었다. 때로는 힘들고 내가 좀 희생을 하더라도 꼭 해야 한다고 생각하는 일이면 자연스럽게 앞장을 섰다. 지금까지도 어떤 모임이든 열심히 하고 앞에서 실천하는 것은 아마 어릴 때 형성된 성격에서 비롯된 것 같다.

나는 적극적인 만큼 정직하기도 해서, 꼼수를 부리거나 거짓말하는 친구들을 싫어했다. 그리고 옳지 않은 일이라고 생각하면 비록 어른일지라도 참고만 있지 않았다.

4학년 때 윗마을에 사는 친한 친구가 있었는데, 하루는 어떤 이유에선지 싸움이 붙었다. 그런데 친구 아버지가 지나가다가 그 모습을 보게 되었다. 그 친구가 때리고 나는 맞는 상황이었는데도 친구 아버지는 자기 아들 편만 들면서 나를 나무랐다. 나는 화가 나서 대들었고, 친구 아버지는 그 일을 우리 아버지한테 말했다. 아버지는 꾸중을 하면서 친구 아버지께 정중히 사과를 하라고 했다. 하지만 아무리 생각해도 용서를 구하고 싶은 마음이 들지 않아, 집 밖에서 시간을 보내고 돌아와서 용서를 구하고 왔다고 말했다. 그러자 아버지는 어디서 거짓말을 하느냐고 버럭 화를 내면서 다시 다녀오라고 했다. 하는 수 없이 찾아가서 사과를 하고 오긴 했지만, 억울한 마음은 사그라지지 않았다.

아버지는 농사일을 최우선으로 여겼지만 편리한 농기구를 장만하는 데도 인색할 정도로 심한 절약을 하셨다. 당연히 TV 같은 새로운 문물도 우리 집엔 가장 늦게 들어왔다. 내가 중학교 3학년이 되어서야 집에 TV가 생겼으니, 그 전엔 어쩔 수 없이 가까이 사는 큰집이나 동네의 다른 집에 가서 얻어(?) 보고 다녔다. 레슬링, 권투, 축구 같은 스포츠나 〈타잔〉 같은 외화를 참 재미있게 보았다.

초등학교 6학년 때는 동네 과수원집에 또래들과 모여 TV를 봤다. 그런데 어느 날인가부터 주인아저씨가 아이들에게 과수원 일을 시키면서 일을 돕지 않으면 TV를 보여주지 않는 것이었다. 어린아이들은 TV를 보기 위해 할 수 없이 일을 도왔다. 하루는 과수원 일을 돕지 않은 내가 TV를 보려고 그 집에 들어섰더니 딱 막아서며 쫓아내는 게 아닌가. 돌아서서 나오는데 '그깟 TV가 뭐라고 이런 취급을 받다니' 싶은 마음에 분함을 이기지 못하고 그만 그 집 함석 대문에 돌을 던지고는 도망을 쳤다. 돌을 던진 건 분명 잘못한 일이었지만, 과수원집 아저씨의 행동도 분명 잘못된 것이었다. 물론 그 일로 아버지께 또 몹시 혼났음은 말할 것도 없다.

직선적이고 속마음을 잘 감추지 못하는 성격은 성인이 되고 사회생활을 하면서 단점으로 작용하는 일도 많았다. 주변 사람들 말로는 생각이 얼굴에 다 드러난다고 한다. 마음에 들지 않으면 얼굴에 표가 나니 손해 보는 일도 적지 않고, 특히 정치를 하는 데는 마이너스일 때가 많다. 하지만 솔직해서, 정직해서 보는 손해라면 온당히 감당하려 한다. 이젠 나이도 들고 나와 다른 의견에도 귀 기울이며 옳은 일이라면 실천을 거부하지 않으니, 굳이 내 성격을 단점이라고 생각하지 않는다.

정치인들은 대부분 점잖고 냉정한 사람들이니, 나 한 사람쯤 열정적이고 솔직한들 어떠랴 싶다. 거짓말 못 하는 시골 출신으로 이만큼 잘 살아오고 있음에랴.

3장 스스로 능력을 깨우친 중고교 시절

중학교 진학과 방황

1974년, 초등학교를 졸업하고 면소재지인 봉남면에 있는 봉남중학교에 입학했다. 대송리에 있는 우리 집에서 학교까지는 4킬로미터 남짓 떨어져 있었는데, 포장이 안 된 신작로를 걸어 통학하기란 쉽지 않았다. 버스나 트럭이 지나갈 때마다 먼지를 뒤집어쓰기 일쑤였고, 비 오는 날에는 교복을 버릴까 봐 빗물 웅덩이를 피해 다녀야 했었다. 다른 학생들보다 머리 하나는 작은 키에 까까머리를 하고 도시락과 책 보따리를 메고 학교에 다니는 일이 여간 고되지 않았다. 일명 '스포츠머리'가 허용된 것이 1977년이라 나는 중학교 3년 내내 배우 율 브린너처럼 바리깡으로 머리를 빡빡 밀고 다녔다.

1학년 봄 소풍 때는 친구랑 함께 학급별 장기자랑에 나갔다. 둘이 재미난 만담도 하고 "봄이 왔네 봄이 와 숫처녀의 가슴에도~"로 시작하는 세간에 유행하던 〈처녀 총각〉이라는 옛날 노래도 불러서 대상을 탔다. 활달하고 대화하기 좋아하는 성격은 이 무렵에도 여전했다. 상품이 탐나서 나간 것이었는데, 막상 지금은 뭐였는지도 기억나지 않는다. 아무튼 대상을 탄 덕에 학교에서 조금은 유명세를 탔던 것 같다.

1학년 담임 선생님은 수학을 담당하던 박준규 선생님이었는데, 하루는 편찮으셔서 결근을 하셨다. 급장이 선생님께 문병 갈 친구들은 손은 들어보라고 했는데, 나는 망설임 없이 손을 들었다. 수업이 끝나고 김제 읍내 선생님 댁을 찾아갔더니, 우리를 보니 아픈 게 금방 사라졌다며 기뻐하셨다. 막연히 무서워하던 선생님에게서 새로운 면을 발견한 것 같았고, 덕분에 선생님과 친해질 수 있었다.

슬슬 사춘기에 접어들면서, 2학년 때는 공부가 하기 싫어졌다. 지금은 영양 상태가 좋아 초등학생 때 사춘기가 온다지만, 그 시절만 해도 중학교 1, 2학년에 대부분 사춘기가 시작되었다. 막 변성기에 접어든 남자중학교 학생들의 음악 시간은 얼마 전 인기를 끌었던 개그 코너 '고음불가' 저리 가라였다. 저마다 꽥꽥거리는 목소리만큼이나 생각이나 행동도 예측 불가였다. 나는 공부를 하기보단 단거리 육상선수가 되고 싶어 무척이나 열심히 달리기 연습을 했다. 그러나 구기종목 대회 때에는 반 대표도 하고 친구들의 환호도 받았지만, 단거리 육상은 달랐다. 또래들보다 허벅지와 장딴지 힘이 좋긴 했지만, 짧은 다리로 뛰는 데는 한계가 있었다. 작은 키가 무척이나 원망스러웠다.

공부에 재미를 붙이다

육상선수의 꿈도 포기하고 성적이 특출하게 좋은 것도 아닌 어정쩡한 상태에서 3학년이 되었다. 그리고 이때 담임 선생님인 진용태 선생님을 만난 것이 내 인생의 중요한 기회가 되었다.

새 학년이 되어 담임 선생님과 면담을 하게 되었는데, 선생님께서 내게 특수반에 들어오지 않겠냐고 하셨다. 그때 특수반은 30명을 뽑았는데, 다시 말하면 학년 석차 30등까지 들어갈 수 있다는 의미였다. 1, 2학년 때 내 성적은 총 4개 반 240명 중 60등에 불과했으므로 뜻밖의 제안이었다. 나의 어떤 면을 보고 그런 말씀을 하셨는지는 정확히 모르겠지만 어쨌든 나는 밤 10시까지 야간학습을 하는 특수반에 들어갈 수 있었고, 거기서 점점 공부에 재미를 붙이게 되었다.(후에 생각해보니 선생님은 아마 당장의 성적보다 나의 잠재된 공부머리를 알아보셨던 것 같다.)

열심히 한 보람이 있어서 성적이 3학년 전체에서 17등까지 올랐다. 그 덕분에 전주에 있는 공업고등학교에도 들어갈 수 있었다. 막상 성적이 오르자, 좀 더 일찍 공부에 관심을 가졌더라면 실업계가 아니라 인문계인 전주고등학교에 진학할 수 있었을 텐데 하는 아쉬움이 컸다.

그 시절 김제에서 공부를 좀 하는 학생들이나 대학교 진학을 하려는 학생들은 모두 전주로 고등학교를 갔다. 그런데 당시 전라북도는 비평준화 지역이어서 고등학교에 진학하려면 입학원서를 쓰고 연합고사를 봐야 했다. 전주는 그런 전라북도 내에서 가장 큰 도시였고 교육도시로 유명했다. 인문계 고등학교인 전주고에는 서울, 부산, 광주. 대구, 대전 등 평준화 지역에서 많은 학생들이 모여들었고, 매년 많은 학생들이 서울대에 입학을 했다.(내가 고등학교에 입학하던 1977년에 전주고의 연합고사 커트라인은 200점 만점에 188점이었다.) 더구나 전주고는 그해 설립된 전북대학교 사범대학 부속고등학교를 제외하면 전주에 하나뿐인 전기 인문계 고등학교였다. 명문이라는 전라고, 신흥고도 전주고에 낙방한 학생들이 가는 후기 인문계 고등학교였다.

그러니 나로서는 떨어질 것을 예상하고 전주고에 원서를 내든지, 기술입국을 표방하는 정부 시책에 따라 전주공업고등학교에 가든지 둘 중 하나를 선택해야 했다. 고민 끝에 봉남면 시골 출신이 명문고 진학을 욕심내기보다는 실업계 고등학교로 가는 편이 어울린단 생각에 후자를 택했다. 다들 어렵던 시절이라 전주공업고등학교는 형편이 넉넉지 않은 학생들이 선호하는 학교였고, 경쟁률도 높아서 김제에선 상위권에 들어야 갈 수 있는 곳이었다.

중학교 시절의 마지막 겨울

그렇게 진로를 결정하고 중학교 시절도 끝나갈 무렵, 같은 학교의 여학생을 좋아하게 되었다. 그러나 의협심이 강해 다른 학생들이나 전체를 위한 일에는 잘 나섰어도, 좋아하는 여학생에게는 쉽게 용기가 나지 않았다. 결국 졸업앨범에서 주소를 보고 편지를 보냈다. 하지만 답장은 없었다. 나중에 생각하니 내가 보낸 편지를 그 아이의 부모님이 전달하지 않고 없애버린 것 같았다. 그렇게 나의 첫사랑이자 짝사랑은 싱겁게 끝났다.

그래도 그해 크리스마스이브에는 친구 집에 친한 아이들끼리 모여 캐럴도 부르고 유행하는 가요도 부르면서 즐거운 시간을 보냈다. 그 크리스마스이브는 지금도 아름다운 추억으로 남아 있다.

전주공업고등학교에 합격한 후 과 배정이 있는 날, 어머니와 학교로 갔다. 그런데 게시판을 보니 내가 지원했던 전기과에는 내 수험번호가 없었다. 어머니께서 혹시 떨어진 게 아니냐고 물으셨다. 다시 확인해보니 2지망이었던 건축과에 배정이 되어 있었다. 어머니는 실망하신 나머지 "목수나 해 먹어라" 하셨다. 어쩔 수 없이 건축과에 갔지만, 어머니의 반응에 오기가 생겼다. 건축과에 가면 목수가 되는 것이 아니라 큰 도시에 들어서는 높은 빌딩과 멋진 건물을 설계할 수 있다는 걸 꼭 보여드리리라 다짐했다.

후에 내가 건축사가 되고 이 방면에서 제법 성공을 이룬 것을 보았다면, 어머니는 무척이나 기뻐하셨을 것이다.(안타깝게도 어

전주공업고등학교 전경(출처: 전주공업고등학교)

머니는 내가 건축사가 되기 전인 1990년 지병으로 돌아가셨다.)

자만심이 빚은 실수

고등학교에 가서는 한 학년 빠른 누나와 자취생활을 했다. 말이 자취지 밥이나 빨래는 누나가 도맡아 하였기에, 나는 집에 있는 것처럼 편하게 지냈다. 그런데도 남자랍시고 알량한 자존심이 있어 고마운 누나의 말도 잘 듣지 않고 무시하기 일쑤였다. 게다가 사춘기의 절정에 뒤늦은 반항심도 일어 공부는 하지 않고 친구들과 공원을 돌아다니며 어울려 놀기 바빴다. 전주의 다가공원과 덕진공원은 봄이면 형형색색의 꽃이 피고 가을에는 단풍과 낙엽 빛깔로 물들어 그 어느 공원보다도 아름다웠다. 다가공원은 주변의 산과 전주천이 어우러진 풍경이 그림 같고, 덕진공원은 호수에 핀 연꽃과 수양버들 나무가 멋들어졌다.

2학년 1학기 어느 월요일 조회 시간에 교장 선생님께서 야간반 학생들이 학교의 모과를 거의 다 훔쳐갔다며, 여러분도 모과를 따면 곧장 퇴학시키겠다고 으름장을 놓았다. 그런데 마침 그날 1교시 수업이 모과나무 바로 옆의 학생체육관을 측량하는 시간이었다. 4인 1조로 한창 측량을 하는데 한 친구가 폴대로 모과를 살살 건드리면서 따지는 못하고 있는 것이 보였다. 나는 짐짓 거들먹거리며 "남자가 한번 하면 되지"라고 말하면서 모과를 따서 건네주었다.

그 일은 학교에 알려졌고, 나는 학생지도과에 불려가 반성문을 썼다. 나를 귀여워하시던 강필성 담임 선생님의 배려로 퇴학은 면했지만, 그 사건으로 여러 친구의 주목을 받았다. 그런 자만심과 과시욕이 어디서 튀어나왔는지 지금도 가끔 생각해보곤 한다. 치기 어린 소년 시절의 일이지만 혹시 나도 모르게 그런 면이 숨어 있지는 않은지, 늘 스스로를 경계해야겠다고 다짐하게 해주는 사건이다.

마음을 다잡고 이룬 성과

모과나무 사건을 반성하며, 2학년 2학기에 접어들면서 마음을 고쳐먹고 공부에 집중했다. 대학에 가려면 열심히 공부해야 한다는 사실을 늘 마음에 새기면서 집이 아닌 독서실에 들어갔다. 독서실에서 공부하면서 눈에 보이지 않던 누나와의 갈등도 해결되었고, 성적도 올라 상위권에 도달했다.

3학년 때는 건축제도기능사 자격을 취득하고, 예비고사 공부에 열중했다. 그때에도 키 크고 덩치 큰 아이들이 키 작은 아이들을 괴롭혔으나 나는 지지 않고 맞섰고, 큰 녀석들에게 시달리지 않으면서 착실히 공부를 해나갈 수 있었다.

나는 예비고사와 더불어 공무원시험 준비도 병행했다. 물론 두 가지 시험공부를 동시에 하는 것은 쉽지 않았지만, 꾸준한 노력의 결실인지 고3 9월에 공무원시험에 당당히 합격했다. 그리고 첫 근무지인 김제군청에서 일하게 되었다. 그렇게 군청에서 근무하며 곧바로 10월에 치른 예비고사 성적도 좋게 나와서, 전북대학교 건축공학과에 지원하여 합격했다. 당시는 해외 건축 붐이 본격적으로 일어 공대에서도 건축공학과와 토목공학과의 커트라인이 상대적으로 높았기에 기쁨도 더 컸다.

그렇게 공무원 시험과 대학 시험에 잇달아 합격하면서, 나는 스스로의 학습 능력과 노력에 대한 믿음이 생겼다. 또한 어떤 일이든 자신감을 가지고 열심히 하면 목표를 이룰 수 있다는 값진 경험을 했다. 나에게 고3 시절은 많은 것을 깨우쳐준 시기였다.

공무원에서 건축학도로

대학에 합격하자 계속 공무원으로 근무할 것인가, 건축학도가 되어 공부를 지속할 것인가 하는 고민에 빠졌다. 주변의 권유도 반반이었다. 요즘은 민간기업을 다니면서 야간대학에서 학업을 병행하기도 하지만, 당시만 해도 공무원으로 일하면서 학업을 계속하기란 거의 불가능했다. 나는 공무원 자리를 포기하고 대학을 택했다. 가장 큰 이유는 국립대학인 전북대학교의 입학금과 수업료가 사립대학의 3분의 1도 되지 않았기 때문이다. 당시 사립대학의 입학금과 수업료가 40~50만 원이었던 데 반해 국립대학은 13만 원 정도에 불과했다.

농사를 짓는 집안 사정을 생각하면 공무원 생활을 하는 것이 마땅했지만, 그 시절 공무원 월급은 대학을 졸업하고 대기업에 취직해서 받을 수 있는 것보다 훨씬 적었다. 민주 정부인 김대중 정부와 노무현 정부를 거치면서 공무원 월급이 크게 올랐지만, 그때만 해도 박봉이었다.

수업료로 싸고 대학을 졸업하면 더 큰 돈을 벌수 있다는 이유도 있었지만, 무엇보다 건축학을 더 공부하고 싶었다. 건축제도기능사 자격증을 따면서 건축설계에 자신감이 생겼고, 제일 높은 삼일빌딩(당시 63빌딩은 공사 중이었다)보다 높고 큰 빌딩을 설계하고 싶다는 야망도 있었다. 그렇게 꿈을 품고 대학에 입학했다.

4장 1980년의 봄과 대학생활

5·18 민주화운동과 함께 시작된 대학생활

대학에 들어간 1980년은 전두환을 비롯한 정치군인들이 쿠데타로 권력을 잡고, 이에 반대하여 5월 광주에서 민주화운동이 일어난 해였다. 입학한 지 얼마 되지 않아 계엄령이 선포되어 학교에 거의 가지 못했다. 나도 학교와 팔달로에서 몇 번 데모에 참여했지만, 소위 '운동권'도 아닌 신입생 신분이라 광주민주화운동의 실상을 알 수 없었다. 신문과 방송에서 광주에서 폭동이 일어나 진압했다고 보도했지만, 사실과 다르다는 것만 얼핏 짐작했을 뿐이다. 계엄령하에서 다시 학교에 가게 되었으나, 교수님과 학생들은 모두 쉬쉬했고 진실을 알기 어려웠다.

그런데 사실 내가 다니던 전북대학교에도 5 · 18 민주화운동 희

1980년 5월 5일 전북대생들의 계엄철폐 시위(출처: 전북일보)

생자가 있었다. 바로 이세종 열사였다. 김제 출신으로 우리 학교 농학과 2학년 학생이었던 그는 1980년 당시에 '호남대학총연합회'의 연락 책임자로 활동하고 있었다. 고조되는 민주화 열기를 탄압하기 위해 전두환 신군부가 계엄령을 전국으로 확대한 5월 18일 자정이 조금 지난 시간, 학생회관 2층에서 '비상계엄 철폐와 전두환 퇴진'을 외치며 밤샘 농성을 하던 이세종과 동료들은 학내로 들이닥친 계엄군들에 쫓겨 옥상까지 올라갔다. 그리고 다음 날 새벽 온몸이 멍들고 부러진 채 차가운 땅바닥에서 피투성이 주검으로 발견되었다. 하지만 그의 죽음의 진실은 올바로 밝혀지지 않았고, 1985년 교정에 세워진 추모비조차 철거되었다가 1989년에 원래의 자리로 돌아왔다. 그 후 1995년에 모교에서 명예졸업장을 수여했고, 1998년 마침내 5·18 유공자로 인정을 받았다. 5·18 민주화운동의 첫 희생자로서 명예를 회복한 것이다.

하지만 교내에서 이런 의문의 추락사 사건이 있었다는 것도 2학기인 가을쯤에야 알게 되었다. 공대의 특성상 운동권 학생도 거의 없었고, 인문계와 실업계 고등학교 출신들이 따로 어울려 다니는 분위기라 전주공고 동창도 몇 되지 않았다. 광주 학살 소식이 점차 더 많이 전해졌고, 어수선한 가운데 공부에도 집중할 수 없었다. 군부가 저지른 만행은 어느 것 하나 믿기지 않을 정도였다.

광주민주화항쟁 이후 교내에서는 군인들이 철수한 대신 상주하는 사복경찰(백골단)의 수가 늘어났고, 중앙도서관 휴게실도 경찰로 보이는 아저씨들이 점령했다. 학교에선 일주일이 멀다 하고 사과탄이 터지고 보도블록이 깨지는 시위가 이어졌다. 서슬 퍼런 군사독재 정부 아래 어지간한 방법으로는 시위가 성립하지 않았다. 도서관 난간에 매달려 경찰이 접근하면 뛰어내리겠다고 선언하거나, 잔디밭 나무에 올라가 칼을 빼들고 사복경찰이 접근하면 할복하겠다고 하지 않는 한 교내에서 시위가 불가능했다. 그때마다 주동자인 학생들이 잡혀갔다.

비록 운동권은 아니었지만, 내 검은 가방에도 도시락과 함께 늘 우유병 하나가 들어 있었다. 시위가 시작되어 학생들이 보도블

이세종 열사 추모비(민주화운동기념사업회)

록을 깨고 사복경찰과 맞설 준비가 될 때까지 우유병이라도 던지며 버텨야 했다. 시위 정보를 입수한 날이면 사복경찰은 학내에서도 불시에 가방 검사를 했고, 한 개 이상의 우유병을 소지한 학생은 경찰버스로 잡아가기도 했다. 우유병이 하나만 발견되면 그 자리에서 우유를 마시고 빈 우유병을 압수당했고, 이에 불응하거나 항의라도 하면 경찰버스에 끌려가거나 학생들이 지켜보는 가운데 얻어맞았다.

그러나 대다수의 학생들은 군사독재나 광주민주화항쟁에 관심을 두지 않았다. 학교에서 최루탄이 터지고 시위가 벌어지는데도 공대 강의실에서는 정상적으로 수업이 이루어졌다. 중앙도서관에도 교내에서 벌어지는 일에 아랑곳하지 않고 공부만 하는 학생들이 많았다. 동료들이 진압봉에 두들겨 맞고 경찰에 잡혀가는데 이렇게 무관심하게 있을 거냐고 외쳐도 보고, 중앙도서관 열람실에 대자보도 붙여 보았지만 호응하는 학생들은 많지 않았다. 같은 하늘 아래서도 각자의 생각이 달랐던 것이다.

현실을 도피해 입대하다

이런 상황에서, 운동권이 아닌 나는 적극적으로 시위에 참여하기 어려웠다. 시위가 있다는 소식을 듣고 가보면 장소가 변경되었다고 하고, 변경된 장소로 가면 사복경찰에 노출되어 있기 일쑤였다. 어떤 날은 시위에 참여하지도 못하고 뒷북만 치다가 최루탄 냄새만 맡고 돌아왔다. 민주화운동에 무관심한 학생들을 친구로 사귀기 힘들었고, 학업은 학업대로 집중할 수가 없었다.

결국 2학년 1학기를 마치고 군 입대를 지원했다. 당시 육군에 가려면 6개월 이상을 기다려야 했지만, 근무 기간이 5개월 더 긴 공군이나 해군은 바로 갈 수 있었다. 공군에 가면 조금 더 편할 수도 있었지만, 어렸을 적 냇가에서 헤엄치고 즐겁게 놀던 기억 때문인지 해군에 지원했다. 해군의 세일러복이 멋있어 보여 한번 입어보고 싶다는 생각을 했었는데, 작은 꿈을 이룬 셈이었다.

진해훈련소에서 6주간의 훈련을 받고, 경기도 옹진군 덕진면 백아도에 있는 레이더 기지로 배치되었다. 백아도는 면적이 약 3.13㎢인 작은 섬인데, 인천으로 가는 배들은 태안반도를 지나 백아도 앞의 해상을 지나야 했다. 섬 모양이 허리를 굽히고 절하는 것처럼 보인다고 하여 예전에는 '배알도'라고 하다가, 행정구역을 개편하면서 '흰 상어의 어금니'라는 뜻인 백아도로 바뀌었다.

백아도로 배치되어 처음에는 취사병으로 근무하면서 장병들

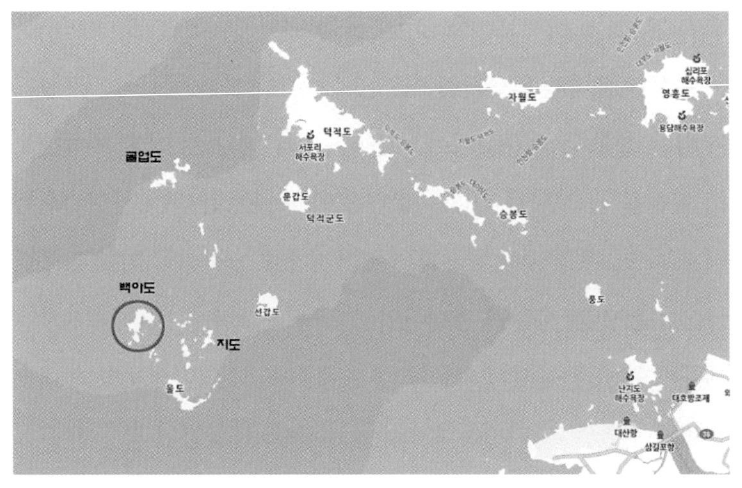

해군으로 군 생활을 한 서해 백아도(출처: 네이버 지도)

의 삼시 세끼를 열심히 해결하는 일을 했다. 그곳에서는 신임병들이 6개월 동안 의무적으로 취사병을 하는 것이 관례였다. 힘이 들긴 했지만 밥이라도 실컷 먹을 수 있단 생각으로 담담하게 임했다. 취사병을 마친 후에는 망원경으로 해상을 감시하는 전탐견시병으로 근무했다. 매일 8시간씩 망원경으로 해상을 감시하는 것은 쉬운 일이 아니었다. 밤 근무로 잠도 자지 못하고, 가끔은 전탐실 레이더에 배처럼 잡히는 새 떼를 보고하지 않았다고 고참들에게 기합을 받거나 얻어맞기도 했다. 그러다 정작 새 떼를 보고하면 이번엔 그런 것까지 보고했다고 얻어맞았다. 군 생활이란 이래저래 힘들었다.

하지만 견시병 생활에도 작은 즐거움이 있었는데, 내무반에서 쉴 때나 밤새워 근무할 때 트랜지스터라디오로 팝송을 듣는 것이었다. 비틀즈, 아바, 롤링스톤즈, 닐 다이아몬드, 카펜터스 등의 음악을 들으며 팝송을 배우기도 했다. 그중에서도 나는 멜라니 사프카의 〈Saddest thing〉이라는 노래를 무척 좋아했다. 그때나 지금이나 그 노래를 들으면 아련하고 슬픈 노랫소리에 젊은 시절의 추억에 젖어든다.

백아도 레이더 기지에서 15개월 근무한 후에는 인천 5해역사로 발령을 받았다. 그곳에서는 고등학교와 대학교에서 건축을 전공한 것을 인정받아 시설병으로 근무하면서 시설과 영선 파트에서 설계와 견적을 배우고 익혔다. 기지 내 건물이나 시설을 설계하고, 외부업체에서 견적을 받아 공사를 시행하고 감독, 관리하는 일을 수행했다. 이때의 경험은 후일 사회에 나와 일을 할 때 큰 도움이 되었다.

복학 후의 이념 갈등

제대 후 복학을 하고 보니, 동기들은 뿔뿔이 흩어진 상태였다. 이미 졸업을 하고 대학원을 갔거나 산업특례로 취업을 한 동기들도 있고, 13개월짜리 방위로 군 복무를 대신하고 복학하여 3학년이나 4학년이 된 동기들도 있었다. 가장 부러운 부류는 신체가 건강한데도 군 면제를 받은 녀석들이었는데, 대개는 집안이 부유하거나 부모가 사회적으로 출세한 집 출신이었다.

복학을 하고 후배들과 함께 공부를 하면서 교수님들과 학생들 사이의 이념 갈등이 무척 심각하다는 것을 깨달았다. 당시 운동권에서는 1980년 서울의 봄과 광주민주화항쟁을 겪은 후 극단적인 투쟁을 지양하고 대중 역량을 길러 단계적으로 투쟁할 것을 주장하는 그룹과, 더욱 강한 투쟁으로 독재정권의 횡포를 대중에게 폭로하고 군사정권의 재집권을 막아야 한다는 그룹이 대립했다. 그러다 이들이 삼민투로 통합되었고, 다시 자민투와 민민투로 나뉘었다. 민민투는 다시 NL 계열과 PD 계열로 갈라졌고, 자민투 분파 중 일부가 주체사상을 연구하자는 소위 주사파 세력이 되었다.

1980년대 초의 시위는 군부독재 타도와 광주 학살자 처벌을 요구하는 것으로 시작했다. 그러다 군부정권에 맞서 조직화하고 이념적인 체계를 갖추어 분화한 것인데, 나는 도저히 그 복잡한 변화를 따라갈 수 없었다. 운동권 후배들은 학생들을 탄압하는 어용총장과 교수의 퇴진운동과 동시에 수업 거부에 나섰으므로, 당연히 교수님들과 갈등이 클 수밖에 없었다. 복학생 대표가 되어 그러한 갈등을 조정하려 노력했으나, 쉽지 않았다. 교수님들은 투쟁은 성공한 후에 해도 늦지 않으니 학업을 우선으로 해야 한다고 말씀하셨으나, 후배들이 그런 말을 들을 리 없었다.

교수님들과 후배들의 중간에서 나름대로 애쓰며, 공부도 열심

졸업 무렵 친구들과 함께

히 했다. 앞으로 부모님의 생계도 책임져야 하고, 대학 공부도 했으니 내가 우리 집을 일으켜야 한다는 마음이 컸다. 지방 대학의 특성상 졸업 후 곧바로 취직할 것을 염두에 두고, 고학년이 되면서 취업 준비에 몰두했다. 건축설계에도 전력을 다하여, 전라북도 예술경진대회에서 건축설계 작품으로 특선을 차지했다.

해외 건설의 퇴조와 취업시장의 변화

1960년대 말에 베트남에서 시작된 해외 건설 특수는 1970년대 중동의 건설 붐으로 이어지면서 박정희 시대의 고성장을 견인했다. 그러나 1980년 이란 · 이라크 전쟁이 발발하여 1988년에 끝이 날 때까지 해외 건설은 말 그대로 '올 스톱' 상태가 되었다.

해외 건축 붐에 힘입어 1980년 입학 당시만 해도 토목공학과와 건축공학과는 공대에서 가장 인기도 좋고 커트라인도 높은 학과였다. 하지만 이란 · 이라크전이 지속되면서 대기업에서는 건축과와 토목과 전공생들을 뽑지 않았고, 1980년대 중반이 되자 인기 학과가 전자공학과로 바뀌었다.

國力일구는 熱砂의 韓國人들

中東 근로자들의 피땀 24時…現地르포

'비오면 收入준다' 오버타임自請의「알뜰」

故國편지로 피로잊어 國內 물가안정이 가장 큰 바람

1970년대 해외 건설 특수를 보도한 신문 기사(출처: 경향신문). 그러나 1980년 이란·이라크 전쟁이 발발하여 1988년에 끝이 날 때까지 건설 경기 불황이 불어닥친다.

내가 대학을 졸업하던 1986년 말에서 1987년 초 건축 경기는 최악이었다. 당시 정부는 해외 건설에서 철수한 장비와 인력을 활용하기 위해 시화 방조제와 아산만 방조제, 화성의 남양만 방조제, 삽교호 방조제 등을 건설했는데, 이는 모두 해외 건설 퇴조에 따른 대체 사업이었다.

상황이 이렇다 보니 지방대 건축과와 토목과 학생들의 취업률은 매우 낮았다. 매년 건축학도를 수백 명씩 뽑던 대형 건설사들도 신입사원을 거의 뽑지 않았고, 해외 건설 사업장에서 귀국한 인력들이 지방의 건설사나 건축사무소까지 내려와서 일하는 형편이었다. 당연히 나도 고민에 빠졌다. 어쩌다 한 번씩 나오는 대기업 취업 공고에 응시할 것인가, 아니면 아예 다시 공무원 시험 준비를 해볼까 온갖 생각이 들었다. 그러던 차에, 예술경진대회 입상 경력과 열심히 공부하는 모습을 눈여겨보신 교수님의 추천으로 다행히도 선배가 서울에서 운영하는 건축사무소에 취직을 하게 되었다.

건축사무소 실무와 건축사 시험

건축사무소에 들어가니, 공고를 졸업한 후배들이 자리 잡고 있었다. 건축제도기사 자격증을 따고 건축설계 작품으로 상도 받았지만, 현장은 완전히 다른 세계였다. 현장 경험이 전혀 없는 채로 한참 아래인 후배들과 함께 일하려니 고민이 많았다. 대학에서 배운 이론만으로는 후배들을 지도할 수 없었다. 비록 후배이긴 해도 그들의 현장 경험을 존중하고 때로는 배우는 자세로 임했다.

당시에는 건축사무소에서 5년 동안 경험을 쌓으면 건축사 시험을 치를 수 있는 자격이 주어졌다. 후배들을 이끌고 많은 어려움을 이겨내며 5년 동안 열심히 일하면서 건축사 시험 준비도 소홀히 하지 않았다.

사실 건축사무소 일은 무척 피곤했다. 밤을 새는 것은 다반사이고, 열심히 설계했으나 매출과 연결되지 않는 경우도 많았다. 설계만 맡기고 돈을 떼어먹는 의뢰인들도 있었고, 더 큰 프로젝트를 위해 공짜로 일을 해주는 경우도 많았다. 후배들은 정당한 대

건축과 졸업 기념사진(1986년)

가가 돌아오지 않는 일을 해야 한다는 사실에 짜증을 냈고, 그들을 달래가며 성의 있는 작업 결과를 내는 건 쉬운 일이 아니었다.

그래도 5년간 부지런히 일한 끝에 실무 경력도 제법 쌓고 설계 일에 보람도 느꼈다. 운이 좋았는지, 열심히 일한 것에 대한 보상이었는지, 1992년 처음 응시한 건축사 시험에 합격을 했다.

2부

건축사에서
강서의 청년사업가로

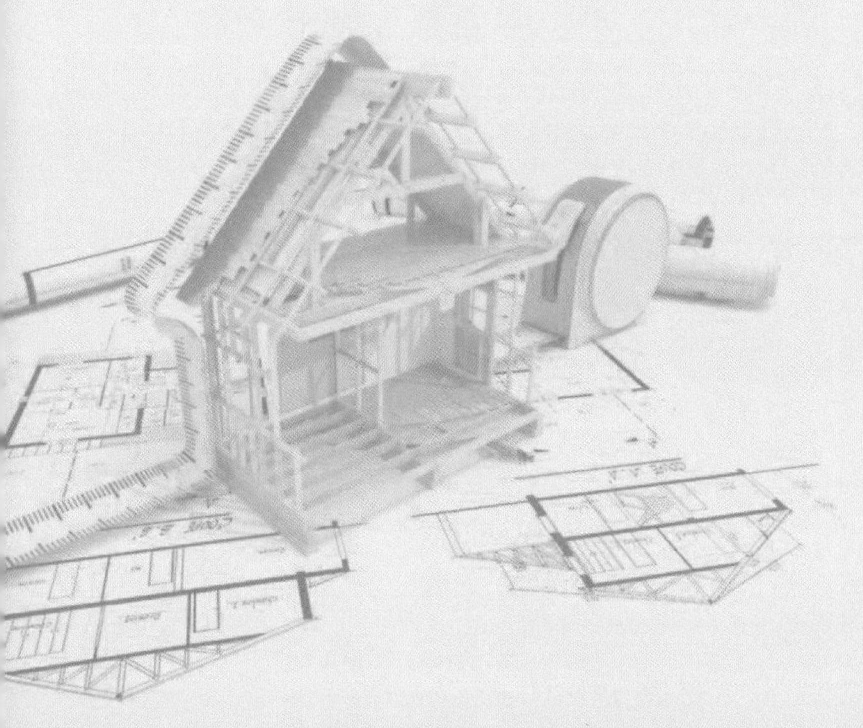

1장 결혼 그리고 건축사무소 창업

소꿉장난처럼 시작한 결혼생활

서울의 설계사무소에 취직한 후 나는 형님이 경영하는 중국집 주방에 딸린 구석방에서 종업원들과 함께 생활했다. 방에는 창문도 없었고 남자 종업원들의 체취와 땀 냄새가 코를 찔렀다. 시골에 계신 아버지는 그렇게 생활하는 내가 걱정이 되시는지 주말마다 선을 보라고 성화셨다. 하지만 나는 건축사 시험에 합격하기 전에는 이성 교제도 하지 않으리라 마음먹었기에 결혼에는 관심이 없었다.

그렇다 해도 시시때때로 반복되는 아버지의 요청을 계속 모른 척할 수는 없었다. 결국 강권에 못 이겨 선 자리에 나갔다. 상대는 아버지가 이리저리 알아본 후 택한 어느 교장선생님의 딸이었다.

고향에 내려가 그분을 만났는데, 아버지는 무척 마음에 드는 눈치였다. 하지만 나는 대화를 해볼수록 솔직하기보다는 뭔가 꾸밈이 많은 것 같은 느낌이 들어 영 마음에 들지 않았다. 불편한 자리를 마치고 아버지께 맘에 들지 않는다고 말씀드렸더니, 한 번 보고서 경솔한 소리를 한다며 노발대발 역정을 내셨다. 아버지가 너무 화를 내시니 한동안 주눅이 들 수밖에 없었다. 그 후로 내 결혼에 대한 아버지의 집착이 더 심해졌다.

봉남중학교 2년 후배인 사랑하는 아내를 만난 것은, 내 친구의 엄마가 아버지에게 소개를 한 것이 계기가 되었다. 나로서는 첫 중매에 실패하고 두 번째로 선을 보는 자리였는데, 내려오라는 아버지의 호출을 받고 김제역 앞 다방에 가니 지금의 아내가 앉아 있었다. 어딘지 병약해 보이고 표정도 썩 밝은 편이 아니어서 첫인상은 그다지 호감이 생기진 않았다. 하지만 아버지는 이번에도 철저히 예비 며느리의 '검증' 작업을 마친 터였다. 봉남중학교로 찾아가 교장선생님께 부탁을 해서 생활기록부까지 확인하셨던 것이다. 교장선생님도 좋은 배필이자 며느릿감이라며 적극적으로 추천을 하셨다고 한다. 아마 아내가 다녔던 고등학교가 봉남면에 있었다면 아버지는 그곳에도 찾아가셨을 것이다.

이미 마음속으로 아내를 며느릿감으로 결정한 아버지는 이번엔 내가 딴소리를 못 하게끔 계속 압력을 넣으셨다. 그리고 내게는 묻지도 않은 채, 예비 사돈댁과 상의하여 김제 우체국에서 근

중학교 2년 후배인 아내를 만나 결혼하다(1990.1.2)

무하던 아내를 서울로 이직 신청을 하게 하셨다. 불과 한 달도 지나지 않아 아내는 서울로 발령이 났고, 처제와 함께 용산에서 살게 되었다. 서울로 올라온 아내를 한 번 두 번 거듭해서 만날수록, 이번엔 아버지의 안목이 옳았음을 확인하게 되었다. 아내는 활달하고 밝은 편은 아니었지만, 선하고 신중한 사람이었다. 우리는 만난 지 6개월 만에 약혼을 했고, 채 1년이 지나지 않은 1990년 1월 2일에 결혼식을 올렸다. 신혼여행은 친구네 커플과 함께 속리산으로 다녀왔다.

돌아보면 아내와 나의 신혼생활은 마치 소꿉장난 같았다. 결혼을 하자니 자금이 없었다. 내가 건축사무소에서 일하면서 형수님께 35만 원씩 저금한 돈 600만 원과 아내가 저축한 돈 300만 원, 도합 900만 원으로는 연립주택도 구할 수 없었다. 결혼식 비용은 축의금으로 해결했으나, 집이 문제였다. 결국 영등포구 신대방동 삼육재활원 근처의 방 두 칸짜리 반지하 집을 구했다. 마침 아내가 마포우체국으로 발령을 받아 출퇴근길 교통이 괜찮은 지역으로 알아보다가, 비교적 싸게 나온 집을 발견했던 것이다. 그곳이 우리의 신혼집이자 첫 보금자리였다. 신혼집이라고는 하지만 아내와 같이 살던 처제까지 함께 살았다.

두 아들 그리고 고마운 처제

만화를 그리는 프리랜서였던 처제는 맞벌이하는 우리 부부를 대신해 두 아들을 키워주다시피 한 고마운 존재이다. 처제가 없었다면 몸이 약한 아내가 육아와 직장생활을 병행할 수 없었을 것이다. 아내와 처제 덕분에 결혼생활은 경제적으로 빨리 안정되었고, 나는 사업에 전념하여 과감하게 규모를 키울 수 있었다.

그렇게 1년 반 만에 반지하를 벗어날 수 있었다. 아내와 내가 열심히 돈을 모아 강서구 화곡동 우장산 자락에 있는 2,800만 원짜리 연립으로 전세를 얻어 이사했다. 그래도 1,500만 원 정도는 은행 대출로 감당해야 했다. 후에 이 연립에서는 나를 돕기 위해 내 건축설계사무소로 직장을 옮긴 여동생과 처제, 처남까지 함께 살았다. 아내와 나의 집안 모두 김제 시골 출신이라 서울의 비싼 전세 비용을 감당할 수 없었기 때문이다.

결혼 후 바로 태어난 큰아들은 건강하고 공부 걱정도 없이 자랐다. 지금은 군의관으로 국군수도통합병원 정형외과에서 근무하고 있다. 2020년에 산부인과를 전공한 며느리와 결혼하여 민엽, 정엽 두 아들도 두었다. 아들 내외도 맞벌이를 하는지라 며느리가 근무를 하는 날이면 아내가 손자들을 보살핀다. 이제 아내에게는 남편보다 아들, 아들보다 손자들이 귀한 대접을 받는다.

둘째 아들은 대학에 재학 중이다. 평소 몸이 약한 아내가 직장을 다니면서 (처제의 도움을 받았으나) 첫아이 육아까지 하는 와중에 둘째를 임신하자, 몸을 제대로 챙기지 못했다. 그래서인지 둘째아들은 미숙아로 태어났다. 설계사무소를 차리고 눈코 뜰 새

아내와 두 아들과 함께(2003년 2월)

없이 바빠 가정 일을 돌보지 않은 나의 책임도 큰 것 같아 지금까지도 둘째에게는 미안한 마음을 가지고 있다.

태어나서부터 유아기까지 건강에 여러 문제가 있었던 둘째 아이는 학교에 들어간 후에도 성장 과정이 순탄치 않았다. 우리 부부는 늘 둘째를 걱정했다. 하지만 건강하게 잘 자라주었고, 어느새 대학 졸업반이 되어 남부럽지 않은 사회구성원이 되기 위해 최선을 다하고 있다. 부모 마음에 아픔으로 태어났지만 씩씩하게 잘 극복하고 있는 아들에게 박수를 보내고 싶다.

건축사무소 창업

건축사 자격을 취득하고 나서, 지난 시간을 찬찬히 돌아보았다. 대학을 졸업하고 5년간 건축설계사무소에서 후배들을 이끌고 실무를 도맡아 하다시피 하면서 일을 했고, 전문가들이 보기엔 모자라는 면이 있을 테지만 내 나름대로는 어느 정도 자신감도 생겼다. 당시의 내겐 새로운 설계를 시도하여 창의적인 작업을 하고픈 의욕이 가득했다.

하지만 사장님도 고객들도 기존에서 벗어난 '튀는' 설계는 원하지 않았다. 늘 비슷비슷하게 무난한 설계를 해야 했다. 사장님의 눈치를 보며 이전 도면들을 복사하여 대충 꾸려가는 일상이 반복되었다. 시간이 갈수록 갑갑함이 더해졌고, 이곳에서는 더 배울 것이 없다는 생각이 들었다.

'내 설계사무소를 차리자!' 소신대로 일하려면 그 방법밖에 없었다. 하지만 쥐꼬리만 한 월급에 모아놓은 돈도 변변치 않은 신혼살림에 선뜻 용기를 내기 힘들었다. 아내에게 어렵게 말을 꺼냈다. "설계사무소를 차려야겠다. 어쩌면 월급을 못 가져다줄 수도 있다"라고. 그러나 아내는 예상과 달리 "소신대로 하세요. 대신 실패해도 후회하지 않겠다고 약속해요"라고 말했다. 나는 힘을 실어주는 아내의 말에 확실하게 결정을 내릴 수 있었다.

결심은 섰으나 수중에 돈이 없었다. 살고 있던 연립도 은행 대출로 마련한 집이었다. 사무실을 차리면 임대료도 내고 직원들 월급도 줘야 하고 운영비도 들어가야 할 터였다. 혼자 힘으로는 어찌할 수 없어 시골에 계시는 아버지를 찾아가 부탁을 드렸다. 아버지는 망설임 없이 전답을 담보로 제공해주셨고, 나는 그것을 바탕으로 농협은행에서 6000만 원을 대출받아 강서구 화곡동 899-1번지 청송빌딩 202호에서 사업을 시작했다.

1993년 4월에 먼저 설계사무소 면허를 취득한 후, 설립 자금을 마련하여 그해 10월에 설계사무실을 차렸다. 그곳이 바로 비사벌건축사사무소이다. '비사벌'은 전북대학교 교지의 이름이었는데, '빛고을'이라는 좋은 의미가 있어 택하게 되었다. 비록 20평 남짓한 사무소에서 후배 직원 네 명과 함께하는 작은 규모였지만, 청운의 꿈이 날개를 펴기 시작한 것이다.

성실함으로 내디딘 첫걸음

막상 설계사무실을 차리고 나니 초보 건축설계사를 누가 찾아주랴 걱정이 되어 잠을 이루지 못했다. 그러나 이전부터 내 성실성을 좋게 보아온 고객들이 또 다른 고객들을 소개해주어, 걱정의 시간은 길지 않았다. 그분들 덕에 일거리가 하나둘 늘어가고, 적어도 밥 굶을 염려는 없었다. 그 무렵 다행히 건설 경기가 좋아져 단독주택을 허물고 다가구나 다세대주택을 신축하는 건물주들이 많아지면서 설계 의뢰도 속속 들어오기 시작했다.

약속을 지키지 않거나, 설계가 마음에 들지 않는다며 계약금을 주지 않거나 지불을 미루는 고객도 있었다. 하지만 한결같은 성실과 신의로 대하자 그런 고객들도 마음을 돌렸다. 나의 천성이자 무기인 정직함과 성실함 덕에 점차 평판도 좋아졌고, 곧 경제적 어려움 없이 사무실을 꾸려갈 수 있었다. 처음 대출을 받을 때는 2년 안에 갚겠다는 계획이었는데, 단 6개월 만에 모든 대출금을 상환했다. 아버지는 무척 기뻐하셨고, 동네 어른들께도 아들 자랑을 많이 하셨다고 한다.

사무실에도 직원들이 하나둘 늘어갔다. 혼자 하던 일을 후배 직원들과 분담하고, 설계 지식뿐만 아니라 품성과 사람 됨됨이, 고객들을 대하는 태도까지도 함께 나누고자 했다. 지금의 내가 있을 수 있게 성실하게 도와준 그 시절의 직원들에게 늘 감사한 마음이다.

민간 설계에서 공군 항공정비창고 설계까지

창업 초기에는 주로 민간 공사 설계가 주를 이루었다. 그러다가 비교적 이른 시기에 공공건축물 설계에도 참여하게 되어 여러 작업을 했는데, 특히 1997년경 충남 해미공군부대 내 F-16 전투기 항공정비창고를 설계한 일이 기억에 남는다.

당시 우리 사무실은 F-16기 항공정비창고 설계 사업을 수주하기 위해 입찰에 참여하기로 했다. 그때 공군본부는 영등포구 대방동에 있었고, 입찰이 있던 날 나는 늦지 않게 일찍 출발했다. 그런데 서두르다 그만 전자계산기를 챙기지 않고 온 것이 아닌가. 아차 싶었지만, 시간을 보니 사무실에 갔다 와도 괜찮을 것 같았다. 그래서 전자계산기를 가지고 돌아오는데, 그날따라 유난히 차가 막히는 것이었다.

몇 주에 걸쳐 서류를 준비하고 고생하며 기다렸는데, 도착해보니 입찰장 문은 간발의 차이로 닫혀 있었다. 문 앞에 있던 감독관은 입장 시간이 지났으니 참여 자격이 없다며 열어주지 않았다. 하지만 힘들게 얻은 기회 앞에서 그대로 주저앉을 수는 없었다. 나는 감독관에게 사무실에 돌아가서 전자계산기를 가져오느라 늦었노라고 이야기하며, 기회를 달라고 통사정을 했다. 그러자 감독관은 미리 온 입찰자들의 동의를 얻으면 허락해주겠다고 말했고, 나는 그들 모두의 동의를 얻어 입찰에 참여할 수 있었다. 그리고 경쟁자들을 물리치고 당당히 낙찰을 받았다.

F-16 항공정비창고 설계 작업은 사업 영역 다각화의 계기가 되었다.

당시의 낙찰가 3억 8000여 만 원은 결코 적지 않은 금액이었고, 무엇보다 F-16기 항공정비창고를 내 손으로 설계한다는 보람은 무엇과도 견줄 수 없었다. 하지만 경쟁 입찰자들의 이해가 없었다면 수주는 물 건너갔을 것이기에, 선뜻 동의해주었던 그때 그분들에게 감사한 마음이다.

사업의 확장과 새로운 시도

타고난 성실함과 부지런함, 그리고 특유의 친화력으로 나는 점점 더 많은 고객을 확보해나갔다. 건축 설계를 의뢰하는 고객들은 대개 한 곳이 아니라 여러 곳의 사무소에 맡겨 그중 마음에 드는 설계를 선택하기 마련이지만, 나에게 한번 설계를 맡겼던 고객들은 그다음에도 다시 나를 찾았다. 나는 최대한 고객의 요구를 존중하여 일상적인 설계보다는 하나라도 더 고객에게 도움이 되는 설계를 제공하기 위해 노력했다. 게다가 설계뿐 아니라 구청 인허가 과정까지 빠르고 매끄럽게 처리해준다는 이야기가 건축주들 사이에 회자되면서 회사는 더욱 빨리 성장할 수 있었다.

이젠 어느덧 설계사무소를 운영한 지 30년이 되었고, 그간 크고 작은 성공도 거두고 어려움도 겪었다. 하지만 한결같이 지켜온 원칙이 있다면, 일의 가치를 돈에만 두지 않은 것이다. 어떤 건물을 설계하든 내 설계가 다른 것보다 더 실용적이고 창의적이었으면 좋겠다는 마음으로 임했다. 그런 태도가 바탕이 되었기에 덩치 큰 설계들도 잘 해낼 수 있었다고 생각한다. 지인의 소개로 5만 평에 이르는 중고자동차매매 복합단지 설계를 따낸 적도 있고, 당시 단일 건축물로 제일 큰 규모의 설계도 해보았다. 또 28억 원의 서서울모터리움 설계감리 용역도 수주했다.

한때는 사업 분야를 확장하여 건축감리 전문회사도 만들어, 30여 명의 직원이 일하기도 했다. 그때는 중규모 이상의 종합설계사무실 대표이사로 일했다. 금천구 시흥사거리 주변 지상 20층 오피스텔을 설계하여 준공 후 그 건물이 지역의 랜드마크가 되는 것을 보며 건축사로서의 긍지도 느꼈다.

그러나 감리 전문회사의 경영은 쉽지 않았다. 까다로운 PQ(입찰 자격 사전심사제도) 입찰에 참여하여 일을 따내고, 중급 이상의 각종 기술사 면허를 유지하기 위해 계약직 직원도 여럿 고용해야 했다. 하지만 매번 입찰을 따내기란 쉽지 않은 일이었고, 직원들의 인건비도 점차 감당하기 어려워졌다. 결국 계약직 직원들에게 동의를 구하고, 계약 기간이 남은 직원들의 임금을 지급하고 감리 전문회사를 접게 되었다.

2장 위기와 시련을 극복하며

역발상으로 극복한 IMF 외환위기

누구나 그렇듯 사업 초기에는 약간의 어려움을 겪었지만, 건축 경기가 점차 나아지는 추세여서 우리 회사도 호황기에 접어들었다. 그렇게 직원들과 한창 일할 무렵인 1997년에 IMF 외환위기가 찾아왔다. 외환위기가 닥치자 신규 건축물 설계도 끊겼다. 하지만 우리 사무소는 민간이 아닌 공공 수주에 역점을 둠으로써 위기를 헤쳐나갔다. 당시는 각 구청에 건축 허가 도면이 제대로 보관되어 있지 않았는데, 우리는 그 도면들을 전산화하는 작업을 시작하면서 새로운 일감을 수주할 수 있었다.

하지만 주위에서는 자금력이 부족하거나 외부 자금으로 부동산을 많이 보유한 대형 건설회사들이 하나둘 쓰러지기 시작했다.

IMF 외환위기에 대한 뉴스 보도

외환위기로 대출 금리가 크게 오르자 중소 건설사들도 높은 이자를 감당하지 못하고 속속 부도가 나기 시작하였다. IMF는 빌려준 돈의 안정성을 확보한다는 명목으로 고금리를 강요했고, 그 결과 일반 대출조차도 20% 이상의 금리가 유지되었다. 수주가 안 되는 상황에서 이런 고금리를 감당할 수 있는 회사는 많지 않았다.

지역의 중소 건설사들까지 부도가 나자, 건축주들은 믿고 건설을 맡길 회사가 없었다. 이때 '위기는 곧 기회'라 여기고 설립한 회사가 등명종합건설이다. 회사가 소재한 강서구 등촌동의 이름을 딴 등명종합건설은 지금까지 비사벌건축사무소와 함께 설계감리 · 시행 · 시공을 해오고 있다. 당시 1년 동안 수행한 수주 건수가 대한민국 건축사 중 3년간 1위를 할 정도로 많은 일을 해냈다.

성공에 뒤따른 시련

창업 후 4년, IMF 외환위기에도 회사가 급성장하자 동종업계의 다른 회사들이 시기 질투를 하기 시작했다. 비사벌건축설계사무소는 늘어나는 수주로 직원이 11명으로 늘어났고, 맡겨진 일을 정확하고 완벽하게 처리하기 위해 전 직원이 합심하여 노력했다. 그러자 다른 회사에서는 온갖 모함으로 우리를 끌어내리려 안간힘을 썼다. 우리 회사가 무면허 업체에다 대신 설계를 맡기고 도장만 찍는 소위 '도장방'을 운영한다며 구청에 민원을 넣은 것도 모자라, 세금 탈루가 의심된다며 국세청에 신고까지 한 것이다. 세무 공무원들이 설계사무소에 세무조사를 나와 서류를 뒤졌으나 문제가 발견될 리 없었다.

민원이 통하지 않자 고발까지 넣어 남부지방검찰청 108호 검사실에 끌려가 조사를 받기도 했다. 우리 회사가 건축 관련 공무원과 결탁하여 공공 수주를 많이 한다는 터무니없는 모함이었다. 조사 결과는 당연히 무혐의였으나, 일 처리를 완벽하게 하지 않으면 언제든 동종업계 사업자에게 꼬투리를 잡혀 무서운 일이 벌어질 수 있다는 서늘한 교훈을 얻었다.

국세청 세무조사와 검찰 고발 사건을 겪던 당시에는 말할 수 없이 억울하고 울화가 치밀었다. 같은 업계 사람들과 좋은 관계를 유지하려고 많은 노력을 했는데 이렇게 참담한 결과로 돌아오다니, 사람들이 참으로 악독했다. 그러나 결국 나에게 해를 입히지 못했고, 외환위기 상황에 우리 회사가 일감을 다 쓸어가니 잠시 눈이 멀어 벌인 일이리라 생각하고 미움을 접기로 했다.

대한민국 건축가 승효상

현재 강서구청은 본관 외에 화곡동과 가양동에 별관이 있는데, 1999년 2월 준공된 가양동 별관을 우리 설계사무소에서 설계하였다. 당시 가양동 별관은 이례적으로 현상 설계를 했는데, 우리 회사가 의욕적으로 준비하여 당선되는 영광을 누렸다. 더욱 기뻤던 것은 우리나라의 대표적 건축가인 승효상 씨와 경쟁하여 이겼기 때문이었다.

승효상은 대한민국의 대표적 건물을 많이 설계하였고, 건축설계를 예술로 승화시킨 훌륭한 건축가다. 문재인 대통령과 경남고 동기동창으로 "문과에 문재인, 이과에 승효상"이란 말이 있을 정도로 수재였다는 이야기도 전한다. 승효상은 서울대 건축공학과를 졸업하고 우리나라 최고의 근대 건축가인 김수근의 '공간연구소'에서 설계를 하였으며, 오스트리아 빈에서 유학한 후 공간연구소를 이어받아 부활시켰고, 그 후 독립하여 건축사무소 '이로재'를 세워 많은 예술적 건물들을 완성하였다.

고(故) 노무현 대통령님의 묘역을 설계했으며, 박원순 서울시장 시절 서울시 총괄건축가로서 서울시의 여러 건물들을 설계하기도 했다. 그 밖에도 국내외의 많은 훌륭한 건축물들을 설계하여 명실 공히 세계적 건축가로 인정받고 있다. 김수근 문화상, 한국건축문화대상을 비롯해 미국건축가협회에서 명예상을 받기도 했으며, 건축가로서는 최초로 국립현대미술관에서 주관하는 '2002

강서구청 가양동 별관(출처: 비사벌건축설계사무소)

올해의 작가'로 선정되었고 대한민국예술문화상도 수상하였다.

당시 우리 회사의 설계와 승효상 씨 설계의 가장 큰 차이는, 나는 공개공지(공원이나 휴식을 위한 공간)를 전면도로에 접한 앞쪽에 배치하여 공공의 편의성을 강조했다면, 승효상 씨는 전면의 건축선을 고려하여 공지를 뒷면에 배치한 것이다. 구청에서는 편의성에 무게를 두어 우리 회사의 설계를 선택한 것 같았다.

그런데 건물이 완공되고 나니 승효상 씨의 진가가 드러났다. 주변의 건축선이 중요하고 사실 앞면의 공개공지는 관리가 제대로 되지 않으면 지저분하고 미관을 해치기도 하였다. 결과적으로 승효상 씨의 설계가 뽑혔더라면 강서에 명품 건축물이 하나 태어났을 텐데 하는 아쉬운 마음이 든다. 의욕 하나만으로 겁 없이 덤볐던 그 시절을 돌이켜보면 좀 후회스럽기도 하다.

2008년 금융위기에 발 빠르게 대처하다

IMF 외환위기 직후 등명종합건설을 설립하였다. 당시에는 많은 건설사의 부도로 설계도가 나와도 믿고 맡길 건설사가 없었다. 등명종합건설을 통해 고객에게 설계는 물론 건설까지 제공하다가 조금 더 용기가 생겼다. 남의 건물을 설계하고 지어주기만 할 것이 아니라 내 건물을 세워 분양하자는 생각이었다. 아파트나 큰 건물보다 서민들이 쉽게 살 수 있는 빌라나 연립을 잘 지어 팔면 서민들에게도 이익이다 싶어 빌라와 연립의 건설에 주력했다.

미국의 서브프라임 모기지 사태에서 촉발된 금융위기의 파고가 우리나라에도 영향을 미친 2008년 무렵은 1년에 100여 채의 연립주택을 건설하여 분양할 때였다. 그때 은평구 역촌동에 샤론빌라를 짓고 있었는데, 금융위기로 대출금리가 한 자릿수 금리(6~8%)에서 두 자릿수 금리(13~15%)로 오르기 시작하였다. 단기간에 IMF 외환위기 때처럼 집값이 떨어지고 금리가 20% 이상으로 오를 수 있다는 전망이 우세하던 분위기였다.

IMF 외환위기 때는 설계가 주 업무였기에 공공 수주로 방향을 바꾸어 위기에서 벗어났었는데, 2008년 금융위기 때는 건축과 시공, 분양이 주 사업 영역이었다. 리스크를 감수하고 완공 후 분양하는 것보다는 완공 전에 싸게 분양하여 리스크를 없애는 편이 낫겠다고 판단하고 진행하고 있던 빌라와 연립을 원가 또는 원가 이하로 분양하여 2008년 금융위기를 무사히 넘길 수 있었다.

주식 투자 실패에서 얻은 교훈

사업에 관한 것은 아니지만, IMF 외환위기 이후 우리 사회에 불어닥친 IT 버블 시절 이야기를 하나 하고자 한다. 설계사무소가 잘되어 빚도 갚고 조금씩 저축도 하게 되었다. 당시는 증권시장 중에서 코스닥 바람이 불었다. 상장만 하면 주가가 5배, 10배로 뛰기도 하였다. 은행에 넣어 이자만 받기보다는 남들처럼 주식으로 돈을 벌어볼까 하고 주위의 권유에 따라 비상장주식 두루넷 주식을 매입하기 시작했다.

두루넷은 1996년 우리나라에서 개인용컴퓨터를 처음 만든 삼보컴퓨터(현 TG삼보)가 출자하여 세운 초고속 인터넷 서비스 제공사업자로, 그때 당시 초고속 인터넷이었던 ISDN에 비해 100배 빠른 속도인 10Mbps에 음성 통화와 같은 본격적인 인터넷 서비스를 국내에 선보였다.

당시의 초고속 인터넷 서비스 상품은 사용하면 할수록 요금이 높아지는 종량제 상품이었지만, 두루넷은 정액제 상품을 제공하여 큰 호응을 얻었다. 정액제 초고속 인터넷상품이 크게 히트하자 두루넷은 국내 기업 중 최초로 나스닥에 직상장하였으며, 한때는 우리나라는 물론 외국인 투자가들에게 아시아 최고의 인터넷 서비스 제공사업자로 인정받았다. 2000년에는 나우누리를 서비스했던 나우콤을 인수하고 현재의 포털사이트와 비슷한 개념인 코리아닷컴(KOREA.com)도 개설하였다. 그러나 두루넷의 전성기는 오래가지 않았다. 경쟁사들도 두루넷의 히트 상품인 정액제 초고속 인터넷을 제공하기 시작했기 때문이다.

가장 큰 문제는 두루넷의 서비스가 케이블TV 망을 사용하는 방식이었기 때문에 별도의 통신라인을 깔아야 한다는 것이었다. 도시는 별 문제가 아니었지만, 읍면 소재 시골까지 별도의 통신망을 설치하기가 쉽지 않았다. KT 등은 전화선을 기반으로 하는 ADSL을 내세워 유선 전화가 있는 곳에는 손쉽게 설치할 수 있어 보급률을 높일 수 있었다. 게다가 두루넷의 인터넷은 비대칭 방식으로, 다운로드 속도는 빠른 대신 업로드 속도가 느렸다. 그런데 경쟁사의 ADSL 상품은 업/다운 속도가 비교적 균질한 대칭형이 많았으며, 따라서 두루넷은 경쟁력을 잃어버렸다.

당시는 소리바다, 냅스터 같은 P2P 파일 공유가 유행하던 시절이어서 업로드가 느린 것은 큰 단점이었다. 이후 회사 사정이 안 좋아지면서 2003년 법정관리 신청 후 결국 매각이 결정되고 2005년 하나로텔레콤(현 SK브로드밴드)에 인수되어 합병됨에 따라 두루넷은 역사 속으로 사라졌다.

두루넷 주식을 매입하는 데 들어간 10억에 가까운 돈이 휴지 조각으로 변한 것은 두말할 것도 없다. 아버지가 살아계셨다면 “송충이가 솔잎을 먹어야지” 하고 야단을 치셨을 일이다. 그 후 나는 설계나 건설을 제외한 다른 분야에는 욕심을 부리지 않겠노라 다짐하고 성경의 야고보서 1장 15절 말씀을 평생의 교훈으로 삼게 되었다. “욕심이 잉태한즉 죄를 낳고 죄가 장성한즉 사망을 낳느니라.”

3장 지역사회에 눈뜨다

제2의 고향 강서구

잘 알려져 있듯 강서구는 서울특별시 서남부에 위치한 구이다. 북쪽으로는 한강을 경계로 마포구와 경기도 고양시 덕양구와 접하고, 동쪽으로는 영등포구, 남쪽으로는 양천구와 경기도 부천시 오정동, 서쪽으로는 경기도 김포시와 인천광역시 계양구와 접한다. 한강의 서쪽이라고 하여 강서라는 이름을 갖게 됐다.

조선시대에 강서구는 양천구와 함께 양천현에 속했다. 행정구역상 도성 밖이지만, 한강에서 바다로 이어지는 물길에 자리하고 있어 중요한 길목으로 여겨졌다. 예로부터 강서구에는 여러 문인들이 머물며 그 풍경을 글과 그림으로 남겼다. 진경산수화의 대가 겸재(謙齋) 정선(鄭敾, 1676~1759)이 대표적이다. 그는 60대 후

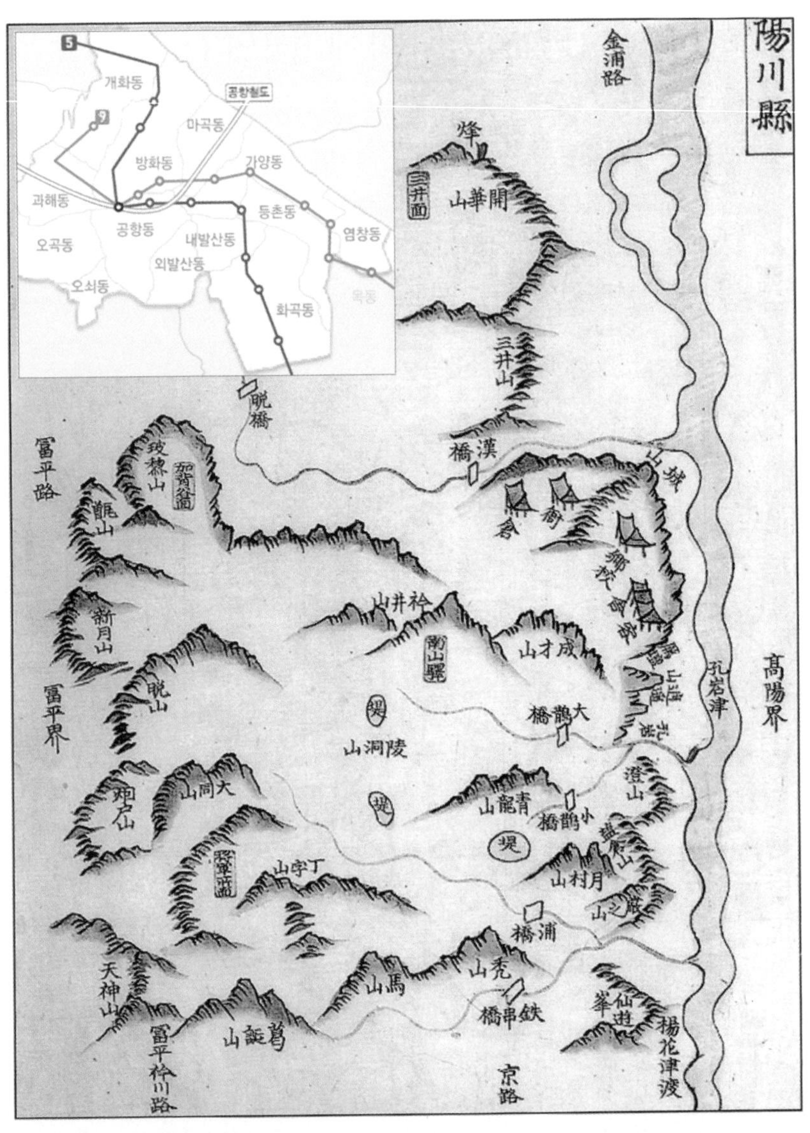

서울 강서구는 조선시대에 양천현에 속했다. 행정구역상 도성 밖이지만, 한강에서 바다로 이어지는 물길에 자리하여 중요한 길목이었다. 〈광여도〉 중 양천현.

반의 나이에 양천현령을 지내며 한강 일대와 양천현 인근의 아름다운 풍경을 각각 '경교명승첩'과 '양천팔경첩'으로 남겼다.

강서구는 동의보감을 저술한 의성(醫聖) 허준(許浚) 선생을 기념하는 구암공원과, 조선 말 강화도령으로 살았던 철종이 왕위에 오르기 위해 입궁할 때 지나갔다는 양천길 등 역사의 흔적이 고스란히 남아 있는 역사문화 도시이기도 하다. 또한 가양동 궁산에는 서울에서 유일한 조선시대 지방 향교인 양천향교와 임진왜란 때 권율(權慄) 장군의 주둔지였던 양천고성지가 있으며, 방화동 개화산 곳곳에는 고려 말 세워진 약사사 3층 석탑과 석불 등 국가문화재와 지방문화재가 산재해 있다.

양천현 지역은 일제강점기인 1914년에 전국 행정개혁에 따라 김포군으로 병합되었다가 1963년 서울특별시 영등포구로 편입, 1977년 영등포구에서 분리되어 강서구가 되었고 이후 1988년 목동, 신정동, 신월동 등 15개 행정동을 양천구로 분리시키고 이후 일부 동 편입 및 분리 분동을 거쳐 현재는 20개 행정동으로 구성되어 있다. 근대 이후 강서구는 서울의 중심에서 밀려난 사람들이 많이 살았다. 이촌향도(離村向都)하여 삶의 터전을 새로이 찾아 상경하거나 재개발, 재건축 또는 기타 경제적 이유로 싼 주택이나 부동산을 찾아 떠나온 이주민들이 많이 정착하였다. 그래서 반지하 주택이나 옥탑방, 밀집 주택이 많고, 영구임대 아파트와 영세민 아파트의 비중이 높다. 장애인이나 새터민의 비중도 높다. 강

△ 강서구 양천로47길 36(가양동)에 위치한 겸재정선미술관. 서울식물원과 궁산공원, 양천향교가 가까운 곳에 있어 강서구의 문화 중심의 역할을 톡톡히 하고 있다.
◁ 겸재의 '양천팔경첩' 중 〈개화산〉(1743)

남의 부자 동네 사람들은 아파트값 떨어진다고 경원시할지 모르겠지만, 서울의 어느 곳보다 사람 사는 냄새가 나고 인정 많고 인간미 넘치는 사람들이 많은 지역이라고 나는 생각한다.

농촌 출신의 설움과 희생

학교를 졸업하고 객지에서 직장생활을 하면서, 그리고 건축설계사무실을 개업하면서 가장 많은 도움을 받은 이들이 있다면 단연코 고향 사람들이다. 내 고향 김제는 넓은 평야 지대로, 수리시설이 잘 갖춰져 있고 반듯하게 경지 정리가 된 논농사 지역이었다. 먹을 것이 풍부하다 보니 음식문화도 발달하였다. 그러나 박정희 대통령 시절 산업화를 추진하면서 농촌의 사정은 달라졌다. 박정희 정권은 불균형 성장론을 추구했고, 우리나라 국토 중 서울과 부산을 중심으로 하는 경부 축의 산업 발전에 집중했다. 산업 간 불균형이 심화되면서, 농민들은 저임금 노동자를 위한 저곡가 정책의 희생양이 되었다.

농사를 지어봤자 자식들 학교 보내기도 힘든 상황이 되자, 농지가 충분하지 않은 사람들은 도시로 도시로 올라왔다. 이들은 도시의 기업에 취직하여 저임금 노동자가 되었다. 기업들은 출혈 수출을 감수하는 상황에서도 바로 이 저임금과 정부 보조금 덕분에 버틸 수 있었다. 이렇게 고향을 등지고 객지에서 밑바닥 노동자가 된 이들은 무시받고 설움 당하며 생활을 이어갔기에, 같은 고향 사람을 만나면 서로 도우면서 끈끈한 관계가 되기 마련이었다.

호남향우회와 조기축구회

나 역시 서울에서 직장을 다니고 사업을 하면서 동향인들과 도움을 주고받게 되었다. 강서구에는 특히 호남 출신들이 많았고, 자연스레 향우회에 가입하여 우리 지역과 고향을 위한 일에도 앞장섰다. 현실정치에 눈을 뜨게 된 것도 호남향우회 활동을 통해서이다. 활동적이고 적극적인 성격이다 보니 중고교 동창회나 각종 모임이 나를 중심으로 이루어졌고, 필요할 때는 비교적 형편이 나은 내가 도움을 주어 원활한 운영을 도모하기도 했다. 등촌동에

강서구청장기 구민생활체육 축구대회(2006년 7월)

강서축구연합회 회장 이취임식(2007년 1월)

호남향우회 회관을 건립할 때도 1억을 쾌척하여 솔선수범하였다.

어릴 적부터 공놀이와 달리기를 좋아했던 터라 조기축구회에도 가입했다. 열심히 운동하고 여러 사람들과 친분도 쌓았다. 조기축구회 회장이 되어서는 단순히 운동만 할 것이 아니라 사회사업도 하자고 제안하여, 보육원을 비롯해 어려운 이웃들을 위한 기부활동도 하였다. 조기축구회 활동은 생활체육에 대한 관심으로 이어져 나중에는 강서구체육회 산하 축구연합회 회장도 맡았다.

호남향우회와 조기축구회, 생활체육회 활동을 하면서 꾸준히 기부와 봉사를 이어갔다. 지역사회의 어려운 계층에게 조금이나마 힘이 되고자, 큰아들의 결혼식 축의금 전액인 1억 원가량을 강서구장학회에 기부하기도 했다.

정당활동의 시작과 풀뿌리 민주주의

선후배들과 원만한 관계를 유지하고 향우회 발전에도 기여하자, 정치인들이 손을 내밀기 시작했다. 호남향우회와 조기축구회 회원 중 많은 수가 민주당 계열의 야당에 가입해 있었고, 민주화에 대한 의지나 정치의식도 높은 편이었다. 그들과 함께하다 보니 나도 자연스럽게 정치에 많은 관심을 기울이게 되었고, 1994년에 평화민주당에 가입원서를 내고 당원이 되었다.

부지런하고 일 많이 하는 사람으로 알려져서인지, 정당에 가입한 지 얼마 되지 않아 강서구갑 지역위원회의 상무위원으로 임명을 받았다. 합당이나 재창당 등으로 당명은 몇 번 바뀌었지만, 지금까지 민주당의 핵심당원으로 열심히 활동을 해오고 있다.

평화민주당에 가입한 가장 큰 동기는 당시 김대중 총재의 정치철학에 깊이 공감하여 그것을 실현하는 데 조금이나마 보탬이 되고 싶었기 때문이다. 오랜 기간 대한민국의 민주주의를 위해 희생하고 헌신했던 정치인 김대중은 풀뿌리 민주주의의 시작은 지방자치라는 확고한 신념을 가지고 있었다. 나 역시 지방자치야말로 민주주의의 완성이라고 생각했다.

1995년 제1회 지방선거에서 민주당에서는 유영 씨가 강서구청장 선거에 입후보했다. 유영 후보는 서울대를 졸업하고 케임브리지 대학교 경제학 석사와 펜실베이니아 대학교 국제정치경제학 박사과정을 마친 재원으로 외교와 경제 전문가였다. 하지만 민정당과 민주당, 한나라당, 새누리당 등으로 여러 차례 당적을 옮기며 활동한 철새 정치인이기도 했다. 나는 유영 후보와 일면식도 없었지만, 풀뿌리 민주주의가 정착되기를 바라는 마음으로 거금인 1백만 원을 기부했다. 이후 구청장으로 당선되자 유영 후보 쪽에서 과연 누가 기부를 한 것인지 전화로 물어오기도 했다.

1996년에는 새정치국민회의의 신기남 후보가 15대 강서갑 국회의원으로 당선되었다. 그 시절 나는 당 지역위원회에서 상무위원으로 일하게 되었는데, 신기남 의원과 노현송 특별보좌관으로부터 구의원 출마를 제의받았다. 진정한 민주주의를 위한 일에 지원과 후원은 얼마든지 할 수 있으나, 직접 정치를 하기에는 소양이 부족하다고 느꼈다. 완곡히 거절하고, 거의 열흘간 삐삐를 꺼 놓고 전화도 받지 않으며 연락을 피했다. 그 후에는 사업에 전념하며 지역사회를 위한 봉사활동에만 적극적으로 참여하였다.

민선자치가 부활한 1995년 지방자치 1기 시대가 시작되었지만, 지방자치 시대가 오면 풀뿌리 민주주의가 완성되어 급속히 정치 선진화가 이루어지지라는 믿음은 그리 쉽게 실현되지 않았다. 이제 어느덧 민선자치 7기가 지나고, 곧 여덟 번째 지방선거를 앞두고 있다. 비록 초기에는 성공적이지 못했으나, 27년의 시간 동안 우리나라의 풀뿌리 민주주의는 뚜벅뚜벅 전진하고 있으며 앞으로 더 큰 결실을 보여주리라고 믿는다.

진성준 의원과 강서목민관학교

2008년 17대 국회의원 선거에서는 당시 현역이던 노현송 의원을 꺾고 노동운동가에서 새누리당 정치인으로 전향한 김성태 후보가 강서을에서 당선되었다. 김성태 의원은 이어 2012년에도 전남의 3선 중진인 김효석 의원을 꺾고 당선되었다. 그러자 우리 당의 강서을 지역위원회는 힘을 잃고 약화되기 시작했다. 그러던 중 2014년에 진성준 의원이 지역위원장으로 오게 되었다. 진성준 의원은 장영달 전 의원의 권유로 정계에 입문하여 보좌관과 당직자로 오래 활동하다가 2012년 19대 총선에서 민주통합당 비례대표

국회의원으로 당선되어 활약하고 있었으며, 임기 중 강서을 지역위원장에 도전하여 당선되었다.

진성준 의원은 2012년 18대 대통령 선거 당시 문재인 후보의 대변인을 지냈고, 2014년 제6회 지방선거 때는 박원순 서울시장 후보의 대변인으로 활동했다. 국회의원 임기 동안 국방위원회 위원으로 맹활약을 펼쳐 경실련과 NGO 모니터단이 선정하는 국정감사 우수의원에 수차례 선정되었고, 의정활동 우수국회의원 대상을 수상하는 등 활발하고 수준 높은 의정활동으로 호평을 받았다. 또한 나와는 전북대학교 선후배 사이이기도 하다.

비록 나이로는 후배지만 정치적 식견과 정의에 대한 신념, 올곧은 행동 등으로는 귀감이 될 만한 훌륭한 정치인이다. 내가 정치인이 되기로 결심하는 데도 진성준 의원의 영향이 컸다.

진성준 의원은 지역 당원들과 만난 자리에서 조선 최고의 실학자인 다산 정약용 선생의 애민과 실용, 실천 정신을 강조하면서 우리도 그 정신을 받들어 강서 지역에 시민들을 대상으로 하는 배움의 터를 만들자고 제안했다. 정치뿐 아니라 다방면의 좋은 강의를 개설해 민주 시민으로서의 자세를 교육하는 시민 정치학교를 열자는 것이었다.

2015년 4월, 강서목민관학교가 열렸다. 『목민심서』를 통해 목민관(백성을 다스려 기르는 벼슬아치)의 올바른 도리를 설파한 다산의 뜻을 학교 이름에 넣었다. 목민관학교 1기는 염창동의 스

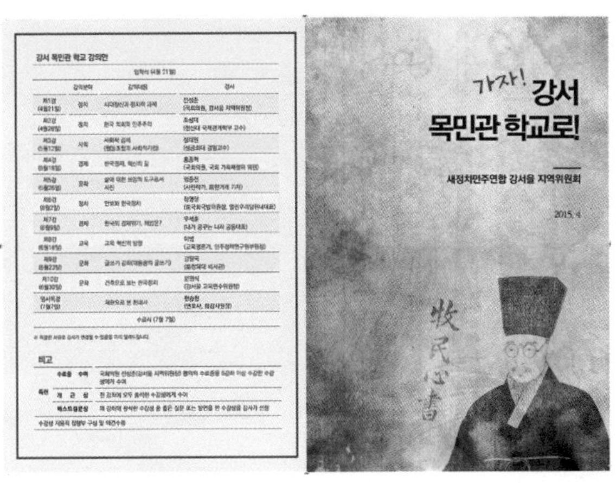

강서목민관학교 리플릿(출처: 더불어민주당 강서을 지역위원회)

무 평 남짓한 지역사무실에서 시작했지만, 열기만큼은 뜨거웠다.

목민관학교의 강의는 매주 하는 것을 원칙으로 하되, 공휴일이나 행사가 있는 주는 건너뛰고 보통 3개월(10~11주)로 진행하였다. 강의는 등록된 수강생들에게만 공개되는 것이 아니라 관심 있는 사람이라면 누구나 참석할 수 있었다. 2기부터는 좁은 지역위원회 사무실에서 자리를 옮겨, 가양사거리의 토피아빌딩 8층을 임대하여 썼다. 확장 이전을 했음에도 강의실은 매회 자리가 모자랐고, 강서구민과 서울시민은 물론 경기도나 인천, 강원도, 충청도, 전라도 등 전국에서 온 많은 분이 참여하였다. 민주당의 지역정치인이나 사회단체 등에서 목민관학교의 운영 상황을 모니터링해 가기도 했다. 그해부터 코로나19로 잠시 중단되기 전까지, 진

강서목민관학교 강연(출처: 더불어민주당 강서을 지역위원회)

성준 의원은 국회의원 시절이나 그렇지 않은 신분일 때에도 목민관학교와 계속 함께해왔다. 정치와 경제, 사회와 문화의 다양한 주제로 열리는 목민관학교는 현재 11기까지 진행되었고 수료생만 수천 명에 이른다.

그동안 목민관학교에서 강의를 해주신 분들 중 기억나는 명사를 꼽자면 문재인 대통령과 이재명 대통령후보는 물론이고 이해찬, 고 박원순, 정태인, 홍종학, 장영달, 우석훈, 강원국, 한승헌, 도종환, 정세헌, 남재희, 오연호, 전우용, 안도현, 정청래, 정도상, 황교익, 유영민, 박주민, 이인영, 박광온 등 다 열거할 수 없을 정도로 많다. 정치인과 문화예술인, 역사학자 등 훌륭한 분들이 명

강의를 해주었다.

노무현 대통령과 문재인 대통령, 그리고 이재명 대통령 후보

2002년 대선 때는 노무현 대통령을 잘 알지 못했다. 사업에 집중할 무렵이기도 하거니와 아직 정당활동을 본격적으로 하지 않았기 때문이다. 당시 노무현이란 정치인은 편한 길을 거부하고 부산에서 연거푸 낙선하면서도 용기 있는 발언을 많이 하는 참신하고 대단한 정치인이라고 생각했지만, 노사모에 가입하거나 별도의 후원금을 내지는 않았다. 그렇지만 지역에서 노랑 풍선을 들고 유세에 참여하기도 하고 돼지 저금통을 꽉 채워 전달하기도 했다. 당선 후 탄핵이 되었을 때는 집회에 참석하여 탄핵 반대를 외치기도 했다.

노무현 대통령이 이명박 전 대통령의 박해로 돌아가신 후 그분의 정치적 여정과 신념을 다시금 깊이 새기게 되었다. 지금도 큰 결정을 할 때면 봉하마을의 묘소에 찾아가 마음을 가다듬곤 한다. 특히 문재인 대통령이 3기 목민관학교 강의에 오셔서 하신 말씀을 잊을 수 없다. "고 노무현 대통령은 탈권위주의를 내세우셨지만 곧은 신념과 강직함을 가지신 분이다."

문재인 대통령을 직접 뵌 것은 2015년 목민관학교 강의와 2016년 가을의 촛불 시위 현장에서였지만, 2012년 선거 때 올바른 민주주의의 실천을 위해 주위 사람들을 조직하여 직접 선거운동에

2016년 11월 광화문 촛불 시위에서

참여했다. 선거 기간에는 사업을 잠시 직원들에게 맡겨놓고 선거에 전념했다. 민주당원으로서 마땅히 해야 할 일이었으나, 지역위원회 사무국장을 맡아 원외지구당을 이끄는 것은 쉽지 않은 일이었고 많은 희생이 따랐다.

이재명 대통령 후보가 목민관학교에서 강의했을 때는 무엇보다 성남시의 여러 개혁적인 정책에 대한 내용이 인상 깊었다. 기득권 세력의 방해와 근본적으로 새로운 일이나 변화를 꺼리는 공무원 조직의 속성으로 인해 변화를 이끌어내기가 쉽지 않았음을 알 수 있었다. 나는 특히 성남시에서 가장 먼저 추진한 지역 화폐에 대해 질문했는데, 지역경제 활성화를 위한 지역 화폐의 역할에 매우 관심이 많았기 때문이다.

지역 화폐는 할인 비용(5~10%)과 발행 비용(1~2%)이 들지만, 대형 마트나 타 지역에서의 소비를 지역 내 소상공인 점포로 유도하고 추가 소비도 일으키는 것으로 알려져 있다. 특히 국가나

지자체의 정책 수당을 현금으로 지급하면 저축으로 전환되는 비용이 높지만(연구에 따르면 45.3%), 지역 화폐로 지급하면 지역 내 소비를 촉진하고 지역에 흡수된 돈이 또 다른 소비를 유도하는 승수효과가 있어 지역경제 활성화에 큰 기여를 한다. 당시 이재명 시장은 지역 화폐와 지역경제 활성화에 대한 확고한 신념을 가지고 특히 승수효과를 강조하여 지역 화폐의 중요성을 주장했다.

4장 지역 봉사활동을 하며 더 큰 뜻을 품다

꾸준한 지역 봉사활동

나는 강서에 뿌리내리고 사는 동안 내가 사는 지역에 무언가 도움이 되고 싶다는 생각으로 봉사활동을 열심히 해왔다. 그동안 강서축구연합회 회장과 바르게살기협의회 수석부회장, 남부지방검찰청 범죄예방위원과 남부지원 건축분쟁조정위원으로 사회를 위해서 힘이 닿는 데까지 최선을 다했다.

강서축구연합회는 조기 축구회를 중심으로 한 단체여서, 함께 운동을 하고 뒤풀이 자리를 가지며 친목을 쌓는 활동이 주를 이루었다. 그런 분위기에서 봉사활동은 회원들에게 그리 큰 호응을 받을 만한 일이 아니었다. 하지만 나는 단순히 친목활동만 할 게 아니라 봉사를 겸한 친목활동을 하면 더 의미가 있지 않겠느냐고 설득했다. 내가 앞장서서 비용을 대고 강서구의 보육 시설이나 취약 시설에서 봉사활동을 추진하였고, 회원들도 하나둘씩 함께 참여하게 되었다. 처음에는 적극적이지 않던 회원들도 차츰차츰 봉사활동에 참여하여 주위에 선한 영향력을 전파하는 모습을 보며, 내 선택이 틀리지 않았음을 확인했다.

어느 해 여름 파주시 광탄면에 있는 서원밸리에서 회원들과 함께 운동을 하고 돌아가는 길에, 광탄면에 있는 보육시설을 보게 되었다. 쇠뿔도 단김에 빼다고, 회원들의 동의를 구하고 무작정 돈을 걷어 보육시설에 가서 전달하였다. 그 후에도 몇 번 더 회원들과 힘을 합쳐 그 시설에 후원을 하는 등 관계를 이어갔다. 그런데 회원 중 한 분이 그 복지법인이 지원금을 투명하게 집행하지 않는다는 소식을 전해왔고, 더 이상 그곳을 돕지 않게 되었다. 그 사건을 계기로, 봉사활동이나 사회복지시설 지원을 할 때 보다 체계적으로 진행해야 한다는 것을 깨닫게 되었다.

한편 강서축구연합회는 그동안 각 동 단위의 협의회 회장들과 수직적인 체계로 운영을 해왔으나, 내가 회장으로 취임하자마자 이런 관계를 수평적인 관계로 바꾸었다. 그 효과는 지금까지 이어져, 협의회 회장들과 연합회 부회장단이 함께하는 모임을 통해 서로 원활히 소통하고 있다.

바르게살기협의회 수석부회장으로 있으면서는 조기축구회 시절부터 인연을 이어온 화곡본동의 보육시설 '젬마의 집' 아이들과

강서축구연합회 활동을 통해 지역사회의 의미와 가치를 깨닫게 되었다.

함께 매년 하계수련회를 가졌다. 부모님과 생활하는 아이들과 달리 보육시설의 아이들은 여행을 가거나 수련회 같은 행사를 하기 어렵다. 시설에서만 생활해온 아이들이 수련회 때 즐거워하는 모습을 보며, 왜 진작 이런 생각을 하지 못했을까 하는 아쉬움이 컸다. 젬마의 집 하계 수련회 행사는 지금까지도 매년 이어오고 있으며, 앞으로도 아이들의 귀중한 추억이 되기를 소망한다.

또한 나는 남부지방검찰청 조정위원회 조정위원으로 선임되어 활동하고 있다. 조정위원회에서는 범죄의 피해자와 가해자가 중립적인 제3자의 조정 아래 범죄에 의한 피해와 장래의 행동 계획에 대한 자발적 합의를 만들어간다. 이 제도는 피해자와 가해자,

지역사회 구성원들이 사건 해결 과정에 참여하여 손실을 복구하고 관련 당사자의 재통합을 추구하는 '회복적 사법'의 일환이다.

조정위원은 지방검찰청 또는 지청의 장이 법적 지식 등 전문성과 덕망을 갖춘 사람 중에 위촉한다. 조정은 재판과 유사한 효력을 가지므로 공정하지 않은 조정을 할 염려가 있거나 일정한 사유가 있는 경우에는 제척, 기피, 회피할 수 있으며, 공정함과 전문지식을 갖추어야 한다. 그동안 나는 조정위원으로서 적극적인 중재를 하고, 최대한 개인감정을 배제하고 양자 간의 피해를 줄이는 방향으로 현명한 해결책을 도출해왔다고 자부하며, 이 일에 큰 보람을 느끼고 있다.

더 나은 봉사활동을 위하여

그동안 해온 지역 봉사활동을 되돌아보면 몇 가지 아쉬움이 남는데, 이런 점을 개선한다면 훨씬 더 내실 있는 활동을 할 수 있다고 생각하여 정리해보고자 한다.

첫째, 봉사활동은 즉흥적이 아니라 계획적으로 진행해야 한다. 나는 천성적으로 옳다고 생각하는 일이 있으면 바로 실천을 해버리는 습관이 있다. 어릴 적부터 변하지 않은 이런 성격은 내 장점이기도 하도 단점이기도 하다. 옳다고 생각하는 일도 하루 이틀 지나면 망설이게 되고 결국 못할 때가 많아 당장 실천해버린다. 젊은 시절에는 이런 실천력이 곧 추진력이므로 좋다고 생각했으나, 연륜이 생긴 지금 와서 돌아보니 좀 더디더라도 신중하게 결정했으면 더 좋았을 거란 아쉬움을 느끼는 일이 더러 있다. 봉사활동도 '그 방법보다 더 나은 방법이 있었는데' 싶은 경우가 있다. 그래서 지금은 무작정 돕기보다는 최대한 효과적인 방법을 찾아 도움을 주기 위해 노력한다.

둘째, 일시적인 후원보다는 지속적인 후원을 위한 장치를 마련해야 한다. 나는 그동안 크게는 호남향우회에 1억, 아들 결혼식에 들어온 축의금 1억을 기부하였고, 봉사활동을 시작할 때 비용을 모두 대거나 50%를 지원하여 회원들의 호응을 유도했었다. 그렇게 지역사회 봉사활동에 쓴 돈을 합하면 10억 정도 될 것이다. 물론 후회는 없으나, 이 돈을 좀 더 계획적으로 사용했다면 더 보람 있는 활동에 쓸 수도 있었을 거란 생각을 해본다. 내 종잣돈으로 재단을 만들고 후원자들을 유치하여 재단 차원의 봉사활동을 체계적으로 했다면, 지속적으로 더 많은 봉사활동이 이어졌을 것이다. 지속적인 활동을 위해서는 그만큼 철저한 체계가 필요하다.

셋째, 우리 사회가 봉사활동을 바라보는 시각이 바뀌어야 한다. 우리 사회에는 봉사활동을 긍정적으로 보지 않는 사람들이 많다. 진심으로 봉사를 해도 '다른 목적이 있어서 그런 거 아냐?'라고 삐딱하게 보는 경우가 비일비재하다. 그래서 어떤 때는 봉사를 하고도 마음이 편치 못하거나 만족도가 높지 않다. 나도 결과적으로 정치인이 되었으니 수십 년간 내가 해온 봉사활동의 의미를 깎

아내리려는 사람들도 있을 것이다. 그러나 별도의 속셈이나 딴마음을 품고서는 오랫동안 한결같이 봉사활동을 할 수 없다. 봉사활동을 그 자체로만 평가하는 사회적 분위기가 꼭 필요하다.

마지막으로, 호남향우회 활동에 관해 덧붙이고 싶다. 호남인들은 과거의 지역적 차별 때문인지 호남인으로서의 강한 긍지를 갖고 있으며 결속력이 강하다. 그래서인지 지역 내에서 영남·충청·강원 등 다른 애향인들이 호의적이지 않은 눈길을 주기도 한다. 어떤 사람들은 지역색이 강한 향우회를 없애야 한다고까지 주장한다. 하지만 내 생각은 다르다. 우리나라는 좁은 국토에 많은 사람들이 복잡하게 얽혀서 산다. 미국이나 유럽은 비교적 지역 주민들끼리 모임이나 교류가 활발하지만, 우리는 누가 이사를 와도 서로 인사도 하지 않고 이웃에 관심도 없다. 교류가 없으니 적응하기도 쉽지 않다. 그러므로 일을 하거나 생활할 때 이웃은 물론 지역사회에서 도움을 받는다면 무척 환영할 일이다. 지역 내의 봉사활동도 향우회를 통해 이루어지는 경우가 많다. 그러니 심한 지방색이나 배제성을 띠지 않는다면 향우회 활동을 굳이 색안경을 끼고 볼 필요는 없다고 생각한다.

더 큰 뜻을 품다

사업을 하면서 30여 년째 지역에서 봉사활동을 비롯해 여러 활동을 하다 보니 사회적 문제에 자연스럽게 관심을 쏟게 되었다.

지역봉사나 사회복지를 위한 활동도 체계적으로 실천해야 함을 깨달았다.

내 마음 한구석에는 늘 학생 시절에 겪은 5·18 광주민주화운동과 이세종 열사에 대한 마음의 빚이 있었다. 민주화와 경제 발전을 이루었지만, 아직도 수많은 문제가 산적해 있다. 위안부 문제도 해결되지 않았고, 세월호 사고의 진상 규명도 이루어지지 않았다.

국민소득이 높아져 선진국 문턱에 진입하고, 이제는 '7대 경제대국'이 되어 앞으로 5대 경제대국이 되는 것이 목표라고 하지만, 강서구만 보더라도 빈부 격차는 더 벌어지고 어려운 사람들도 더 많아지고 있다. 한쪽에서는 사회정의를 외치지만 검찰은 더욱 부패하여 힘이 세졌고, 검찰 개혁이나 언론 개혁은 멀게만 느껴진다. 지역에서 열심히 활동하다 보니 이러한 사회적 현실을 더 가깝게 직시하고 여러 문제들을 뼈저리게 느끼게 되었다. 그래서 지역 정치인인 진성준 의원을 지원하고 지지함과 동시에 목민관학교의 사무총장으로 일하면서 조금이나마 우리 지역의 상황을 개선하는 데 보탬이 되고자 했다.

그러던 중 주위 사람들에게 시의원 출마 제안을 받게 되었고, 강서구청장 출마를 제의하는 사람들도 늘어났다. 사업가로서 열심히 일하는 자세가 구청장으로 적격이라고 말하는 사람들도 많았다. 나는 "구청장이 아니라 시의원도 과분하다"고 이야기했다. 그러나 과거에는 삐삐를 꺼놓고 도망 다녔지만 이제는 사회를 바꾸는 일에 참여하고픈 생각이 들었다. 지천명을 지나 이순을 바라보는 나이에, 사회에 좋은 영향을 주는 일들을 더 하고 싶었다.

정치인이 되어 뜻있는 일을 해보라고 권유한 친한 친구들은, 한술 더 떠 자기들이 적극 돕겠다며 여기저기 소문을 내고 다녔다. 진성준 의원도 "시의원이 되셔서 저를 도와주셔야죠"라고 했다. 정치에 문외한인 아내는 내가 정치인이 되는 것을 반대했지만, 나는 조금씩 결심을 굳혔다. 어려운 결심이었고, 책임도 컸다.

강서구의 현안들

서울 어느 곳이나 그렇듯 강서구에도 해결해야 할 문제들이 많다. 김포공항 때문에 고도제한구역으로 지정되어 높은 건물을 지을 수 없는 지역이 많고, 항공기 이착륙 과정에서 소음 피해를 겪는 지역도 많다.

또한 방화동 개화근린공원 뒤편에는 35개의 회사가 입주해 있는 건설폐기물 처리장이 있다. 아침부터 발생하는 소음이 주변 아파트 주민들을 깨우고, 비산먼지뿐 아니라 교통 불편 등으로 주민 피해가 크다. 그러나 건설폐기물 처리장은 주민 기피 시설로 다른 시도나 구로 옮기기가 쉽지 않다. 게다가 진성준 의원이 추진하던 서울지하철 5호선을 인천 검단과 김포 양촌읍까지 연장하고 방화동의 차량기지와 건설폐기물 처리장을 이전하려는 계획도 인천시와 김포시의 반대로 어렵게 되었다. 관내의 다른 지역으로 옮기는 것도 어려운 상황이다.

마곡동에 소재한 서남물재생센터의 현대화도 큰 현안이다. 서남물재생센터는 지난 30여 년간 영등포, 관악, 동작, 금천, 양천, 강서, 강남과 서초구 일부 등 9개 자치구의 생활하수 정화와 처리를 도맡아온 국내 최대 규모의 하수처리시설(163만 톤/일)이다.

그동안 서울시는 서남물재생센터를 지하화하여 현대화하는 작업을 진행해왔다. 2019년과 2021년 1단계와 2단계의 현대화 공사를 끝내고, 2022년부터 2027년까지 3단계 현대화 공사를 진행 중이다. 지상에 있던 시설이 완전히 지하화되면, 하수처리 과정에서 발생하는 악취가 차단되어 인근 지역 주민과 근무자들의 환경이 크게 개선될 것이다. 또한 지하화된 하수처리시설 상부에 공원과 광장, 체험농장, 물 홍보관 같은 주민친화시설을 만들어 시민에게 전면 개방하고, 나머지 하수처리시설도 단계적으로 완전 지하화한다는 계획이다.

서남물재생센터 전 시설이 지하화 · 현대화되면 센터에서 방류하는 수질이 더욱 향상되어 한강의 수질 환경이 개선되고, 고질적인 악취 문제도 해소될 것으로 전망된다. 강서구에 부족한 시민 편의시설과 녹지 공간 확대에도 기여할 것으로 기대한다.

또한 마곡지구에는 도시계획에 따라 서남집단에너지시설 건설이 추진 중이다. 현재 강서 지역의 에너지는 2017년 서울에너지공사가 마곡지구에 준공한 1단계 시설인 열전용보일러 1기와 목동열병합발전소, 그리고 일부는 부천에 있는 GS파워에서 보내는 열로 충당하고 있다. 그러나 목동열병합발전소는 수명이 다해 현대화 계획을 진행해야 하는 실정이고, GS파워에서도 늘어나는 부천의 인근 지역의 열 수요 때문에 공급을 축소하려 하고 있다. 따라서 강서 지역의 열 수요를 충당하기 위해서는 열병합발전소의 건설이 필요한 상황이다.

서울에너지공사에서는 열병합발전소가 개별난방보다 온실가스 감축 효과가 크고 질소산화물 배출 농도가 훨씬 낮아 친환경적인 시설이라고 설명하고 있으나, 지역 주민들은 지역난방의 혜택을 누리지 못하고, 발전소 굴뚝에서 나오는 연기(공사는 이것이 수증기라고 설명하고 있다)를 계속 마셔야 하며, 쓰레기 소각장도

겸하고 있지 않느냐는 의심을 하고 있다. 이처럼 서남집단에너지 시설 건설은 여러 난제를 넘어야 한다.

사실 강서구는 마곡지구를 제외하고는 사전 도시계획에 의해 완성된 지역이 아니다. 서울시의 도시 구역이 확장되면서 불규칙적으로 늘어난 지역이다. 그래서 주변의 자연과 어울리는 도시계획이 이루어지지 못하고 자칫 조잡하다고 느껴지는 도시계획이 진행되었다. 그래서 더 복잡한 현안들이 많을지도 모른다.

강서구에 건축과 환경, 그리고 인간이 어우러지는 건설이 진행되지 못한 것은 못내 아쉬운 점이다. 나도 건축설계사무실이나 종합건설사를 운영할 때 효율에 중점을 두고 일했다. 그 시절로 돌아간다면 절제와 인내를 갖추고 환경과 자연을 생각하는 인간미 있는 조화로운 설계를 하고 싶다는 반성을 하게 된다.

3부

정치인으로서의 **첫걸음**

1장 현실정치인이 되기 위한 도전

김대중 대통령의 당선

1997년 12월 대통령 선거 때는 민주 시민이자 새천년민주당 당원으로서 최선을 다했다. 김대중 대통령이 당선되는 데는 DJP 연합이 가장 큰 공헌을 했다는 분석이 있지만, 나는 1980년부터 이어온 우리 국민들의 민주화 열망이 결실을 맺었다고 생각한다. 우리 국민은 1987년 3김의 분열로 군부독재 세력에 정권을 헌납했고, 1992년에는 3당 합당의 야합으로 정권을 비민주 세력에게 빼앗겼다. 그리고 마침내 1997년 제15대 대선에서 처음으로 민주세력이 승리를 거두어 집권하게 되었다. IMF 외환위기 상황에서 치러진 선거였음에도 새정치국민회의 김대중 후보가 한나라당 이회창 후보를 득표율 1.53%p, 표차 390,557표로 이겼다.

김대중 대통령은 취임하자마자 국가부도 사태를 막기 위해 이리저리 뛰어다녀야 했다. 대한민국은 정부와 국민이 하나가 되어 뼈를 깎는 노력을 하여 IMF 외환위기를 조기에 졸업했으며, 차입경영에 의존하는 부실기업이나 경쟁력 없는 금융기관들을 구조조정하여 세계화 시대에 걸맞은 기업들로 재탄생시켰다는 평가를 받고 있다.

나는 1997년 선거에 공헌을 한 공로로 김대중 대통령에게 표창을 받았고, 그 후에도 새천년민주당과, 열린우리당, 대통합민주신당, 민주통합당을 거치며 전통 민주 정당의 상무위원으로 역할과 소임을 다하였다.

강서을 지역위원회 부위원장과 사무국장을 맡다

2014년 진성준 의원이 강서을의 지역위원회에 오면서, 나는 지역위원회의 부위원장과 사무국장을 맡아 현실정치에 본격적으로 몸담게 되었다. 진성준 의원이 생활정치를 주민들에게 알리고 실천하기 위한 목민관학교를 만들었다면, 나는 목민관학교가 잘 운영될 수 있도록 최선을 다하여 도왔다. 목민관학교는 민주 시민이 즐겁고 신나게 할 수 있는 생활정치의 가능성을 보여주었다. 강의와 토론을 통해 우리 사회의 주요 이슈를 주민과 함께 논의함으로써, 저명한 정치인 중심의 정치가 아닌 시민 생활정치의 큰 가능성을 보여주었다.

강서목민관학교는 민주 시민들이 정치도 즐겁고 신나게 할 수 있다는 생활정치의 가능성을 보여주었다.

이번 20대 대선에서도 생활정치의 중요성이 대두되었다고 생각한다. 민주주의와 통일, 신자유주의와 재벌 개혁, 검찰과 언론의 기득권 타파 등 거대 담론의 시대가 가고, 국민들에게 더 중요한 먹고사는 문제와 일상의 행복이라는 측면에서 더 호소력 있는 후보에게 투표하는 경향이 강했다. 나를 포함해 집권당인 더불어민주당에서 여전히 거대 담론에 치우쳐 국민들의 생활정치 열망에 부응하지 못한 것이 아닌가 많은 반성을 하게 된다. 더불어 코로나19 상황이 아니었더라면 목민관학교를 통해 생활정치를 이어갈 수 있었을 텐데 바이러스가 생활정치의 기회를 빼앗아 간 것이 너무나 아쉽다.

강서을의 20대 국회의원 선거

2016년 4월에 치러진 20대 총선에서는 지역구 110석과 비례대표 12석을 얻은 더불어민주당(합계 123석)이 지역구 105석과 비례대표 17석을 얻은 새누리당(합계 122석)을 힘겹게 이겼다. 그러나 강서을의 결과는 참혹했다. 당시 강서을 지역구는 인구 증가로 인해 강서을과 강서병으로 분리되어야 하는 상황이었다. 민주당 지역위원장 선거에서 한정애 의원에게 승리했던 진성준 의원은 3선 의원 김성태를 피해 강서병으로 갈 수도 있었으나, 그에게 이기기 위해 강서을로 오게 된 것이라며 지역구를 옮기지 않았다.

그때 강서을의 선거구는 새누리당 대표의 비서실장 출신인 김성태 의원에게 유리하도록 조정되어 소위 '김성태 맨더링'이라 불릴 정도였다. 나는 더불어민주당에 유리한 지역이 많이 편입된 강서병 지역구를 신청해야 한다고 강력하게 의견을 피력했으나, 진성준 의원은 떨어지더라도 명분 있는 싸움을 해야 한다며 결국 강서을 지역구를 선택하였다. 그 결과 강서병을 선택한 한정애 의원은 당선되고 진성준 의원은 낙선했다. 나의 예상대로였다. 사력을 다해 선거운동을 했지만, 선거운동 시작 전 15% 정도였던 표 차이를 극복하지 못하고 7.37% 차이로 낙선하고 만 것이다. 지역구 낙선으로 강서을 지역위원회는 위축될 수밖에 없었다. 그러나 나는 강서을 지역위원회의 사무국장으로서 지역위원회 사무실의 운영을 책임져야 했다.

진성준 의원도 낙선하면서어 목민관학교에 집중할 수밖에 없었고, 목민관학교 지원에 총력을 다하는 방법으로 총선에 낙선한 지역위원회를 수습하였다. 진성준 의원은 당시엔 괴로웠겠지만 후에 서울시 정무부시장과 청와대 정무기획비서관으로 일하며 더불어민주당과 문재인대통령을 도와 더 큰 일을 하게 되었다.

박근혜 탄핵과 촛불 집회

18대 대선에서 당선된 박근혜 대통령은 헌정사상 최초로 탄핵을 당하여 파면되었다. 2016년 말 박근혜 · 최순실 게이트가 터지면서 사상 최대 규모의 대통령 퇴진 촉구 촛불집회가 전국적으로 번졌고, 12월 9일 국회에서 더불어민주당과 국민의당, 바른미래당 국회의원들과 일부 새누리당 국회의원들이 대통령 탄핵소추안을 의결하여, 헌재에 이첩하였다. 그리고 2017년 3월 10일 오전 11시 헌법재판소에서 재판관 8명 전원일치 의견으로 박 대통령에 대한 파면 결정을 내렸다. 이정미 헌법재판소장 권한대행은 이날 대통령 탄핵 심판 선고에서 "피청구인 대통령 박근혜를 파면한다"는 주문을 확정했다.

탄핵소추안 의결로부터 92일 만에 내려진 결정이었다. 겨울 내

박근혜 탄핵 촛불 시위에 참석한 강서구 당원들과 함께

내 강서을 지역위원회 당원들과 함께 광화문 촛불 집회에 빠짐없이 참석하여 박근혜 탄핵을 부르짖은 결과이기에, 가슴 뿌듯한 감격을 느꼈다. 물론 박근혜 대통령 탄핵은 강서을 당원뿐만 아니라 촛불 시민 전체의 승리였다.

문재인 대통령의 당선

박근혜 대통령이 탄핵되자, 대통령 궐위 시 60일 이내에 선거를 치러야 한다는 규정에 따라 조기 대선 국면이 시작되었다. 선거일은 2017년 5월 9일이었다. 보수 진영의 유력 대권 후보로 거론되던 반기문 전 유엔 사무총장이 각종 논란 끝에 1월 불출마를 선언하면서 선거 초반부터 문재인 더불어민주당 후보의 대세론이 굳어졌고, 이를 견제하려는 세력 간에 이른바 '문재인 대 비문 연대' 구도가 형성되었다. 안철수, 유승민, 홍준표 등 중도 및 보수 진영의 후보들에게 비문 단일화를 촉구하는 목소리도 있었으나, 적극적으로 단일화에 나서거나 스스로 사퇴 의사를 밝히는 후보가 없어 무산되었다.

19대 대선은 문재인 · 홍준표 · 안철수 · 유승민 · 심상정의 원내 5대 주요 정당 후보들 간의 대결 구도로 진행되었고, 투표 결과 더불어민주당의 문재인 후보가 총 유효 투표수의 41%인 1342만여 표를 얻어 대통령으로 당선되었다.

나는 진성준 지역위원장을 도와 강서을 사무국장으로 선거를 진두지휘했다. 문재인 대통령 후보는 2012년 18대 대선에서 박근혜 후보에게 2.6% 차이로 근소하게 패배한 후, 2016년 20대 국회의원 선거에서도 비상대책위를 김종인에게 양보하고 지역을 돌며 후보들을 뒤에서 도왔

19대 대통령선거 득표율(출처: 포커스뉴스)

다. 강서을에는 김정숙 여사를 보내 진성준 후보를 물심양면으로 돕기도 하였다.

2015년 9월에 목민관학교를 방문하여 한국 사회의 미래에 대해 강연하고, 강서을 식구들 한 사람 한 사람과 같이 사진도 찍으며 당원들과 돈독한 인연을 쌓았던 좋은 기억이 남아 있다.

2015년 9월 강서목민관학교를 방문한 문재인 전 대표와 진성준 위원장(출처: 강서을청년위원회)

2장 지역선거 출마와 당선

서울시의원 선거에 출마하다

지역위원회의 부위원장과 사무국장으로 일하면서 민주 시민으로서의 의무와 역할에 대해 깊이 생각하게 되었다. 그리고 그동안 지역에서 나를 후원하던 지인들과 친구들의 적극적인 권유에 힘입어 현실정치에 본격적으로 참여하기로 결심을 했다.

2018년 2월 중앙당에 후보자 검증위원회를 위한 예비후보 공모를 신청하였다. 내가 25년 이상 거주한 동성아파트가 강서을 4선거구에 있었으므로 자연스럽게 이곳으로 출마하게 되었다. 강서을 4선거구는 가양1동, 가양2동, 등촌3동, 방화3동으로 이루어졌고 8만 명에 가까운 유권자가 있다.

강서을 4선거구는 90% 이상이 공동주택이며, 그중 50% 정도가 임대아파트로 장애인과 탈북자 등이 많이 거주하는 지역적 특성을 띠고 있다. 나는 당선이 되면 건축사로 일한 경험과 전문성을 십분 활용하여 준공업지역이 많은 강서을 지역의 외관을 주거지역 수준으로 일굴 수 있도록 관련 법 제정과 실천에 앞장서겠다는 약속을 하였다. 또한 조기축구회 경험을 살려 축구인이 염원하는 '경평축구'의 부활에 앞장서겠다고 약속했다. 경평축구 부활은 박원순 시장후보에게 건의하여 서울시장의 주요 공약 중 하나가 되었다.

나는 후보자 검증위원회의 검증을 아무 문제 없이 통과하고, 4선거구의 시의원 후보로 경쟁 없이 단독 추대되었다.

김포공항으로 인한 고도제한 문제

나는 시의원에 당선되면 전공을 살려 강서구 건축의 시급한 문제들을 개선하고자 했다. 강서구는 김포공항으로 인해 고도제한 구역이 많고, 준공업지역과 일반주거지역이 혼재되어 있어 구민들의 건축이 많이 제한적이다.

김포공항으로 인한 고도제한 문제는 남북 관계의 특수성 때문에 유사시 공항 내 활주로 활용을 위한 전시 계획의 일환으로 묶여 있다. 강서구 전체 면적의 97.3%가 고도제한에 묶여 지난 60여 년 동안 구민들의 재산권 행사가 제한되었고, 토지 효율성도 10분의 1에도 미치지 못해 재산 가치가 낮게 평가되어 고도제한 피해 손실액이 무려 약 60조 원으로 추정된다.

따라서 고도제한에 따른 문제점을 해소하기 위해서는 비행안전을 준수하는 법 테두리 안에서 고도제한을 완화해야 하며, 국방부와 협의하고 국제민간항공기구(ICAO)와도 협의를 해야 한다. 국제민간항공기구는 세계 192개국이 참여하는 유엔 전문기구이다. 다시 말해, 고도제한 해결은 국내 문제만이 아닌 국제 문제인 것이다.

나를 비롯한 강서 지역의 국회의원과 정치인 들은 오랫동안 국토부에 고도제한 완화를 요구해왔다. 국토부는 국제민간항공기구에 요청하여 공항 주변 고도제한 관련 국제 기준 개정을 추진 중이라며, 국제 기준이 개정된 이후에 국내 적용이 가능하다고 밝혀왔다. 현재의 일정으로 진행된다면 2022년 중에 국제민간항공기구의 개정안이 마련되어 2024년에 발효되고, 2026년쯤에는 이 개정안이 국내에 적용되어 고도제한이 완화될 것으로 예상된다. 2026년이 되어야 비로소 김포공항 주변 지역의 고도제한이 완화되어 13층 이상의 건축이 가능해지고 주민들의 재산권 피해도 완화될 것이다.

그런데 강서구의 김포공항 주변은 이러한 국제민간항공기구의 관련 규정 개정 문제로 인한 고도제한과는 별개로, 용도지구상 '고도지구'로 지정되어 건축물을 지을 때 용도, 높이, 용적률, 건폐율 등에 대한 토지 이용 규제를 받아왔다. 다시 말해 중복 규제를

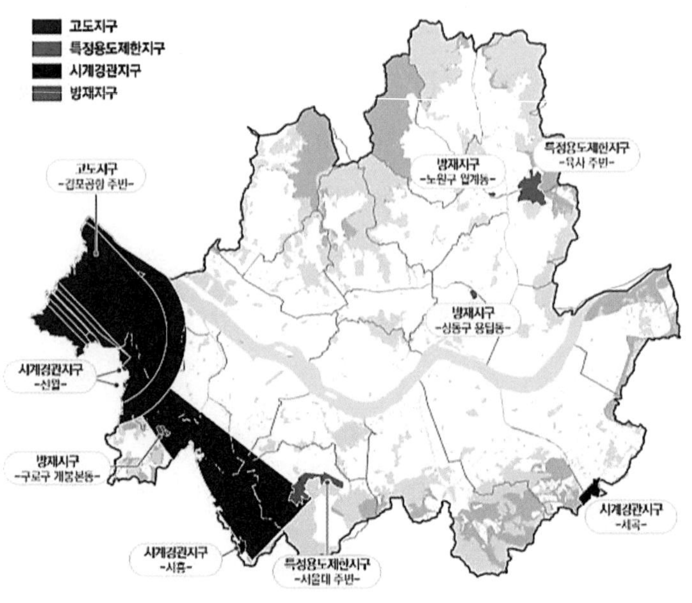

2019년 서울시 고도제한 지구 등 중복 규제 폐지(출처: 서울특별시)

받는 것이다. 나는 2018년 서울시의원에 출마하면서 고도제한과 고도지구의 중복 규제를 없애겠다는 공약을 하였고, 당선 후에는 기존 사업과 관련이 있다는 의심을 피하기 위해 도시계획관리위원회 상임위에는 직접 참여하지 못했지만 관련 상임위의 시의원들에게 이 문제를 충분히 설명하고 고도지구 폐지를 설득하였다.

서울시는 2019년 3월 제4차 도시계획위원회를 열어 김포공항 주변 고도지구, 특정용도제한지구, 시계경관지구, 방재지구 폐지를 추진하는 내용을 담은 '도시관리계획(용도지구) 변경 결정안'

을 가결했다. 여기에 속한 지역은 김포공항 주변 고도지구 80.2㎢, 특정용도제한지구 5.7㎢, 시계경관지구 0.56㎢, 방재지구 0.2㎢ 등이다. 이를 모두 합치면 86.66㎢로, 서울시 용도지구 전체 면적의 약 43.7%에 이른다. 이 개정안의 핵심 지역은 김포공항 주변 고도지구로, 서울시 고도지구 전체 면적(89.6㎢)의 90%에 이른다. 김포공항 주변은 1977년 서울지방항공청의 요청으로 고도지구로 지정되었으나 '공항시설법'의 높이 규제도 함께 받고 있어 중복 규제라는 지적이 많았다.

하지만 고도지구가 폐지된다고 해서 곧바로 김포공항 주변 고도제한이 풀리는 것은 아니다. 고도제한이 풀리려면 국제민간항공기구의 개정안 마련과 발효, 이에 관한 국내법과 관련 규정 개정까지 기다려야 하므로 앞서 이야기한 2026년까지 기다려야 한다. 그러므로 이 예상 시한을 앞당기는 것이 관건이다.

준공업지역에 관한 공약

강서구에는 준공업지역이 유달리 많다. 양천길을 중심으로 염창동에서 행주대교 남단까지 이어지는 곳에 준공업지역이 산재해 있다. 문제는 준공업지역과 일반주거지역을 구별하는 벨트 자체가 사실상 무용화되어 있다는 점이다. 그렇다 보니 준공업지역 토지 소유자들은 준공업지역을 일반주거지역화하여 다양한 용도의 건물을 지을 수 있도록 해달라고 요구한다. 또한 준공업지역이 계속 유지되면 공장이 밀집하여 환경문제가 생기고 슬럼화될 위험도 있다.

나는 서울시의원이 되면 이 준공업지역 문제를 체계적으로 해결하고자 했다. 준공업지역 내 혐오시설이라고 할 수 있는 정비공장과 중고자동차 매매장 등 자동차 관련 시설을 지하화하는 동시에, 지상으로 건축물을 높이 올릴 수 있도록 용적률 인센티브를 주는 방안을 추진하는 것이다. 이렇게 되면, 도시계획의 관점에서 볼 때 지상으로 드러나는 겉모습이 일반주거지역과 매우 흡사해진다. 이처럼 공업시설의 지하화는 준공업지역을 용도에 맞게 활용하면서 구민들의 요구도 수용할 수 있는 방법이 될 수 있다.

청년 도전숙 건설 공약

2018년이나 지금이나 청년층이 사회에 정착하기란 굉장히 어렵다. 부모의 지원 없이는 결혼을 하거나 경제적으로 독립하기가 쉽지 않다. 청년층의 사회 정착이 더디다 보니 결혼도 늦어지고 그로 인한 사회적 비용도 많이 발생한다. 나는 이런 문제를 해결하는 데 도움이 되고자 서울시와 협의해 교통이 편리한 마곡역 인근에 청년을 위한 '도전숙'을 만들겠다는 공약을 했다.

도전숙(宿)은 '도전하는 사람들의 숙소'라는 뜻을 담은 이름으로, 창업을 꿈꾸는 청년들이 주거와 사무 공간으로 사용할 수 있는 임대주택이라고 할 수 있다. 그동안 강서에는 창업 공간도 부

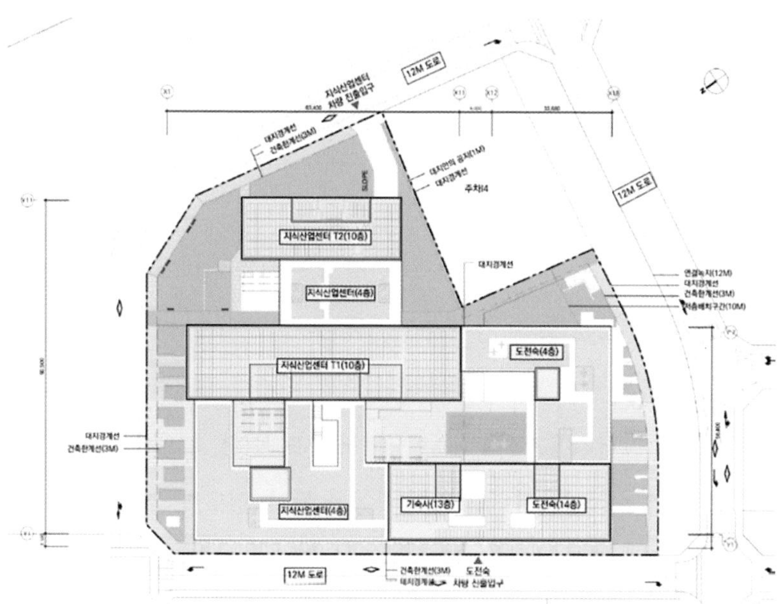

강서구 D15구역 도전숙 배치도(출처: SH서울주택공사)

족하고 청년들을 위한 청년주택도 부족했다. 더군다나 마곡지구는 토지 비용이 높아 민간사업으로는 청년을 위한 저렴한 주택을 건설하기가 불가능하였다. 그러나 청년 도전숙은 공공 부문과의 협조를 통해 새로운 모델 역할을 하고 있다.

청년 도전숙은 SH공사가 직접 운영하는 공공 지식산업센터이자 마곡 청년 창업 플랫폼이다. 지방 공기업이 창업 지원과 주거 기능이 복합된 시설을 조성해 운영하는 첫 사례이기도 하다. 우여곡절 끝에 마곡산업지구 D13 구역과 D15 구역에 지식산업센터와 도전숙을 건설하기 위한 건축 계획안이 서울시 건축위원회에서 통과되었고, 2024년 완공을 목표로 진행 중이다.

기타 선거 공약

이 밖에도 주민들의 생활을 개선하고 도움을 드리기 위한 여러 공약을 내놓았는데, 몇 가지만 열거해본다.

우선, 노인들을 위한 공약이다. 어르신들이 복지관 노인정에 계셔도 소일거리 없이 지루하게 시간을 보내신다. 그래서 이 분들이 활발히 움직이면서 체계적인 활동을 할 수 있도록 공동주택 내에 일자리를 만들어 소득 향상과 함께 삶의 보람을 느낄 수 있도록 돕고자 하였다. 특히 공동주택 지하의 잉여 공간에 노인들을 위한 창업센터를 유치하여 어르신들이 일자리를 찾는 일이 더 수월해질 수 있도록 편의를 제공하고자 하였다.

그다음으로는 서남물재생센터를 친환경적으로 현대화하는 사업을 들 수 있다. 서남물재생센터 현대화 사업을 조기에 착공해서 조속히 마무리하고, 마곡지구 내에 있는 워터파크를 서남물재생센터와 연계 활용하여 공원과 친환경 학습 공간을 조성하여 주민들에게 돌려드리겠다는 공약을 발표하였다.

또 하나의 공약은 공동주택 입주자 대표회의의 효율적인 운영과 공동주택 관리에 관한 것이었다. 입주자 대표회의를 효율적으로 운영함으로써 입주자들의 참여도를 높이고, 회계사 · 변호사 ·

건축사 등의 전문가로 관리자문단을 구성하여 관리주체에 대한 감시도 강화하는 방안이다.

또한 녹색 건축물과 제로에너지 건물, 그린리모델링 건물을 만들어 이산화탄소 발생량을 최소화함으로써 미세먼지와 황사까지 줄어든 도시를 만들고자 하였다. 이러한 공약들을 통해 타 후보에 비해 도시의 계획적 발전을 한층 가속화하고 수준을 끌어올릴 수 있는 전문가적인 자질이 있다는 점을 강조하였다.

2018년 6월 제7회 전국동시지방의회 선거

2018년 열린 제7회 지방의회 선거에서 2월 예비후보 후보자검증위원회를 통과하여 예비후보로 등록하고, 5월 31일부터 6월 12일까지의 선거 기간에 돌입했다.

선거 결과 나는 강서구 4선거구에서 36,746표, 65.03%의 득표율로 16,996표, 30.08%를 득표한 자유한국당 후보를 더블스코어 이상으로 이기고 시의원에 당선되었다. 강서을 구의원 6명 중 5명, 그리고 나를 비롯한 강서구의 시의원 6명 전원이 더불어민주당에서 당선되었다.

당시 서울시 시의원 중 야당 당선자는 강남과 서초의 자유한국당 4명이 전부였고, 비례대표를 포함해 더불어민주당이 101석, 자유한국당이 7석, 정의당과 민생당이 각각 1석의 의석을 차지하게 되었다.

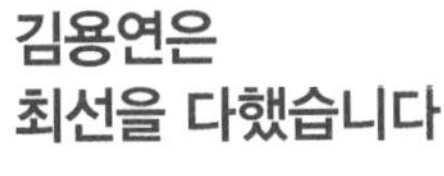

안녕하십니까
더불어민주당 서울특별시의회의원
후보 김용연입니다.

깨끗한 정치를 꿈꾸어 오다
이번에 주민의 일꾼이 되고자
서울특별시의원 보궐선거에
출마하게 되었습니다.

저는 가난한 농부의 아들로 태어나
광부의 아들로 어렵고 힘들게 살아오면서도
이 세상이 예측 가능하고 상식이 통하는
사회를 희망하였습니다.

이제는 이런 생각을 토대로
행동으로 보일 수 있는
실천력과 주민의 삶의질을 높일 수 있는
전문성으로 정치와 경제를 융합하여
강서구민의 생활만족도를 높이는데
저의 모든 역량을 발휘하려합니다.
감사합니다.

김 용 연 올림

청년 도전숙을 만들겠습니다

도전숙으로 청년 주거지 해결
대학가 주변 비싼 물가-> 도움 필요
청년실업 해결을 위한 일자리 창출
마곡 유부지에 취업에만 집중할 수 있는
장소 제공

영유아 보육 시설을 확충 하겠습니다

맞벌이가 늘어가는 시대-> 어린 자녀
걱정없는 강서로 만들겠습니다.
->보육시설을 확충 하겠습니다.(구립, 시립)
(지하철역 보육시설 확충)

공동주택 그린리모델링화 하겠습니다

녹색색 건축물 확대로 저탄소 배출 저감대책화
-옥상태양열
건축물 에너지 성능 20% 향상시켜
에너지 효율 극대화
단열효과커를 높여 여름엔 시원,
겨울에 따뜻하게

1 김 용 연

공동주택 관리 주체 전문가 도입으로 관리 효율화

회계사, 변호사, 건축사
투명하고 효율적인 관리와 공사기술 지원 위해

(투명성 확보)

Zero energy

단열재, 고기밀성 창호를 이용해 에너지 손실 최소화하는
패시브(passive)기술, 기기와 신재생에너지를 적용한
액티브(active)기술로 건물의 에너지 소비량이
0%에 근접하는 건축물
2025년부터 신축되는 건물은 모두 이런 건물

대기 미세먼지가 깨긋한 강서로 만들겠습니다

재생에너지 보급 확대
도로먼지 흡입청소차 확대
도시 숲 확대

노인복지대책을 확대하겠습니다

도시 숲화화하여 편안하게 산책할 수 있도록하겠습니다.
공공주택 거주 고려자의 우편물 및 택배 스집앞 배송 서비스
집노인분들이 원하시는 문화생활을 즐길수 있는 곳
다 젊은이들이 일할수 있는 곳을 만들기 위해 노력하겠습니다

1 김 용 연

제7회 전국동시지방의회 선거 김용연 후보 공보물

선거운동 기간 동안 많은 친구와 지인이 자원봉사단원으로 힘을 보태주었다. 투표 참여 피케팅을 하고, 전화나 SNS로 김용연을 알렸다. 직장이 있는 지인들은 주말이나 출근 전, 퇴근 후에 가양역과 양천향교역, 마곡나루역에서 투표 참여 피케팅을 하면서 출퇴근 인사를 도왔다. 선거에서 뛰어준 선거운동원과 자원봉사단원 분들 모두에게 은혜를 갚을 수는 없겠지만, 이 자리를 빌려 머리 숙여 감사드린다.

3장 시의원 활동과 공약 이행

핵심 공약 내용

시의원이 된 후 나는 출마할 때 발표한 공약들을 정리하여 책상 앞에 출력해놓고 이행하기 위해 노력하였다. 오른쪽의 표는 우선순위에 따라 19개의 대표 공약을 정리한 것이다.

나는 도시건축 전문가로서의 역량을 십분 발휘하여 강서구민을 위한 시정을 펼치고자 하였다. 그래서 서울에서 가장 젊은 땅인 마곡지구의 조기 개발 및 조성을 최우선 공약으로 선정했다. 건축사 경력을 살려 빠른 시일 안에 서울시민과 강서구민에게 완성된 마곡지구를 선보이기 위한 의정활동에 전념했다.

이를 위해 20년 넘게 거주 중인 강서 4선거구를 속속들이 파헤쳤다. 그리고 이 지역 주택의 90% 이상이 공동주택이라는 점에

번호	공약 내용
1	마곡지구 공사 조기 완공 유도
2	서남물재생센터 공원화 공사 조기 완성
3	마곡지구 청년 도전숙 조성
4	지하철역 주변 보육시설 확충
5	구립 · 시립 보육시설 증설
6	공동주택 그린리모델링 사업 활성화
7	녹색 건축물 확대로 온실가스 저감
8	건물 옥상 태양광 설치 사업
9	단열창호 개선
10	공동주택 관리 전문가 도입
11	변호사 · 회계사 포함 공동주택 관리자문단 구성
12	건축사 공사기술 지원
13	고령자 일자리 마련
14	공공주택 복지관 내 일자리 확내
15	공공주택 지하 버섯 재배 공간 마련
16	개화산 대형 공기청정기 설치
17	재생에너지 보급 확대
18	도로 먼지 흡입 청소차 확대
19	도시 숲 확대

착안하여, 공동주택 그린리모델링을 통해 쾌적하고 건강한 거주 환경을 제공하려 노력하였다. 뿐만 아니라 노인 인구가 급증하는 서울의 현실을 고려하여 노인복지 확대를 위한 일자리를 마련하고, 대한민국의 미래인 영유아 보육시설을 확충하여 저출산 해결 및 경력단절여성 취업 기회 확대를 도모하였다. 이러한 핵심 공약들을 범주별로 나누면 다음과 같다.

범주 1: 마곡지구 조성에 관한 공약

강서구 지역 발전의 핵심 축인 마곡지구 관련 공사의 조기 완공을 통해 강서구의 경제를 활성화하며, 청년 도전숙을 조성하여 서울에서 젊은 청년들이 가장 붐비는 도시를 만들어 마곡의 생동감을 지역 주민들에게 선사한다는 공약이다. 특히 서남물재생센터의 하수처리장 이미지를 벗어나기 위해 공원화 공사를 조기 완성하는 것을 핵심 공약으로 하였다.

(1) 마곡지구 공사 조기 완공 유도

(2) 서남물재생센터 공원화 공사 조기 완성

(3) 마곡지구 청년 도전숙 조성

범주 2: 공동주택 그린리모델링 사업 활성화 공약

에너지 효율을 높이고 온실가스 배출을 낮추어 기존 노후 건축물의 가치를 향상시키는 그린리모델링을 통해 쾌적하고 건강한 거주 환경을 제공하는 것을 목적으로 하는 공약이다. 이를 위해 강서구나 마곡지구에 짓는 신규 건축물이나 주택에 아래의 사항들을 이행할 것을 내용으로 한다.

(1) 녹색 건축물 확대로 온실가스 저감

(2) 건축물 에너지 20% 절감

(3) 건물 옥상 태양광 설치

(4) 기존 주택의 단열창호 개선

서유럽 국가들이 기후변화협약에 따른 교토의정서 이후 온실가스 감축에 빠른 성과를 낼 수 있었던 것은 기존 주택의 단열창호 개선 효과가 컸기 때문이다. 유럽의 주택들은 고층이 아닌 저층으로 되어 있고, 오래된 주택이 많아 단열이 부실한 경우가 많았다. 그래서 기존 주택의 단열창호 개선과 공조시스템 개선만으로도 온실가스 감축과 탄소중립전략에 쉽게 다가갈 수 있었다.

반면 우리나라는 에너지의 산업계 의존 비중이 크고 건물도 에너지를 많이 소비하는 고층빌딩들이어서 개선이 쉽지 않다. 따라서 기존 주택의 단열창호 개선도 제한적인 효과를 낼 수밖에 없다. 또 이런 조치들을 하기 위해서는 관련 법들을 개정해야 하기 때문에 시의원이 할 수 있는 역할이 그다지 크지 않다. 하지만 나는 시의회 활동을 통해 이를 촉구하는 발언과 성명을 발표하고, 시의원으로 최선을 다하겠다는 공약을 하였다.

범주 3: 공동주택 관리 효율성 극대화 공약

재건축 · 재개발을 통해 증가하는 공동주택에 관리 전문가를 둠으로써 전문성을 강화하고, 업무의 연속성을 확보하고자 하는 공약이다. 이렇게 되면 공동주택의 관리 비리를 사전에 예방하고 입주민 간의 갈등과 분쟁 해결에 도움을 줄 수 있다.

(1) 공동주택 관리 투명성 확보

(2) 공동주택 관리 전문가 파견

(3) 변호사 · 회계사를 포함한 공동주택 관리자문단 구성

(4) 건축사 공사기술 지원

범주 4: 영유아 보육시설 확충 공약

맞벌이 가정에 필수적인 영유아 보육시설을 확충하여, 저출산 문제 해결에 기여함과 동시에 경력단절여성 취업에 도움을 주는 것을 목적으로 하는 공약이다.

(1) 맞벌이 가정을 위한 영유아 보육시설 확충

(2) 지하철역 주변 보육시설 확충

(3) 구립 · 시립 보육시설 증설

범주 5: 노인복지 확대 공약

65세 이상 인구가 전체의 20%를 넘는 '초고령 사회' 진입을 앞두고, 노인복지의 확대는 반드시 필요하다. 고령자 일자리 마련을 통해 안정적인 노후생활을 지원할 수 있다.

(1) 고령자 일자리 마련

(2) 공공주택 복지관 내 일자리 마련

(3) 공공주택 지하에 버섯 재배 공간 마련

범주 6: 미세먼지 걱정 없는 깨끗한 강서 만들기 공약

주민 건강과 직결되는 미세먼지 저감을 위해 다양한 방안을 모

색하고자 하였다. 개화산에 대형 공기청정기를 설치하겠다는 공약은 효용성의 문제는 있지만, 주변인 방화동에 건설물 폐기장이 있어 비산먼지 등의 문제가 발생하므로 이를 조금이나마 완화하기 위한 것이다.

(1) 개화산에 대형 공기청정기 설치

(2) 재생에너지 보급 확대

(3) 도로 먼지 흡입 청소차 확대

(4) 도시 숲 확대

공약별 이행 상황

다음은 이러한 공약이 현재 어느 정도 이행되었고 진척 상황은 어떠한지를 정리한 내용이다.

1. 마곡지구 공사 조기 완공 유도

마곡지구는 대기업과 중소기업이 상생하는 신경제 거점으로서, 다가오는 시대에 서울과 대한민국 경제를 견인할 융합산업의 전초기지이다. 서울에 마지막 남은 대규모 미개발지인 마곡은 도보생활 반경에 주거 · 연구 · 산업 · 여가가 공존하는 일과 삶의 터전으로 조성 계획되었으며, 24시간 살아 숨 쉬는 서울에서 가장 역동적인 도시를 목표로 하였다.

이 공약을 이행하기 위한 의정활동으로, 두 차례의 시정질문을 통해 마곡지구 공사의 조기 완공을 촉구하였다. 1차로 2019년 6월 서울시의회 제287회 정례회 시정질문을 통해 마곡지구 개발사업으로 준공된 공공도로와 사유지 내 공공성이 있는 공공보행통로 및 시설 등의 유지 관리가 소홀함을 지적하고, 관리 주체를 분명히 할 것을 당부하였으며, 박원순 서울시장에게 마곡지구의 빠른 준공을 촉구하였다. 2차로는 2020년 6월 서울시의회 제295회 정례회 시정질문을 통해 마곡지구의 빠른 준공을 서울시장에게 재촉구하였다.

또한 2021년 6월에는 오세훈 서울시장과의 조찬 간담회에서 마곡지구 조기 완공 등 강서구 지역 현안의 조속한 해결을 위해 서울시가 노력해줄 것을 촉구하였다. 뒤이어 같은 해 8월 서울시 · 서울주택도시공사 관계자들과의 간담회 자리에서는 지지부진한 마곡지구 개발 속도를 지적하며, 조속한 개발 및 조성을 촉구하였다.

한편 2018년 12월에 열린 서울 마곡 국제컨퍼런스에 참석하여 지역경제 활성화를 위한 마곡산업단지 개발 및 적극적인 기업 유치를 강조하기도 했다.

마곡지구 도시개발사업의 규모는 다음과 같다.

면적: 3,666,582.0㎡

사업비: 72,496억 원

시행 기간: 2007.12.28.~ 2022.12.31.

그리고 토지이용계획상 구분은 아래 표와 같다.

구분	계	주거	상업	업무	산업 시설	지원 시설	공공 등
면적(㎡)	3,666천	595천	83천	305천	729천	83천	1,871천
비율	100%	16%	2%	8%	20%	2%	51%

공약 이행 과정 및 성과는 다음과 같다.

2007.12.28.: 구역 지정 및 개발계획수립 고시

2008.12~2019.11: 구역변경 지정 및 개발계획 변경 · 실시계획 인가 고시 등

2020.01.09.: 마곡도시개발사업(1공구) 공사 완료 공고

2021.06.24.: 구역변경 지정, 개발계획 · 실시계획 변경인가 고시

세부 사업 추진 현황은 아래와 같다.

2021년 12월 마곡 도시개발사업(2공구) 공사 완료 공고

준공검사 관련 관계기관과 협의 중

강서로 및 양천로 도로 정비공사 중(2021년 11월 기준 공정율 58.1%)

구간별 보도 및 자전거도로 포장공사 중

최근 3년간 마곡지구 개발사업 관련 공사 예산 편성 현황 및 집행 현황은 표와 같다.(공사채 상환 및 이자 부담액, 등기비용 등을 제외한 사업부서 예산 기준)

구분	2019년		2020년		2021년 현재	
	편성액 (실행예산기준)	집행액	편성액 (실행예산기준)	집행액	편성액 (실행예산기준)	집행액
금액 (백만원)	107,381	91,235	91,465	102,057	77,472	54,102

추진 계획으로는 2021년 12월에 마곡 도시개발사업(2공구) 공사 완료를 공고하였고, 2022년 6월에는 강서로 및 양천로 도로 정비공사가 준공될 예정이며, 2022년 12월에 마곡 도시개발사업(3공구) 공사를 완료할 예정이다.

마곡지구 조성이 조기에 완료되면 많은 파급 효과를 거둘 수 있을 것으로 기대된다. 첨단기술과 주거가 조화된 환경친화적 첨단산업클러스터로 조성된 마곡지구가 서울의 경제 성장을 견인할 새로운 동력 역할을 수행할 것이다. 현재 LG, 롯데, 넥센 등 다수의 대기업이 마곡산업지구에 입주 중이며, 2022년에는 마곡지구 종사 인원이 약 16만 명에 이를 것으로 예상된다.

2. 서남물재생센터 공원화 공사 조기 완료

서울 관내의 대표적 하수 악취 시설인 서남물재생센터를 지하화하고 지상에 대형 공원을 조성하여 강서 지역 주민 삶의 질을 높이기 위한 공약이다.

공약 이행 관련 의정활동으로 2020년 6월 서남물재생센터 공원화 관련 지역 주민 의견을 청취하고 서울시 · 서울주택도시공

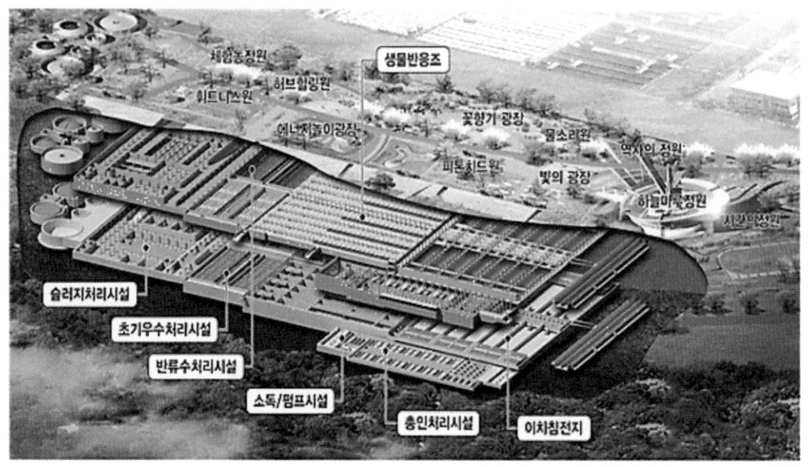

서남물재생센터 조감도(출처: 서울특별시)

사 관계자와 간담회를 개최했으며, 서울시에 적극 추진을 요청하였다. 또한 2020년 3월에는 서울에너지공사 사장 후보자 인사청문특별위원회에서 열병합발전소와 서남물재생센터와 관련하여 지역 주민들의 의견이 충분히 반영되지 못했다는 점을 지적했다.

공약 이행 과정을 보면 2008년 4월에 4개 물재생센터 고도처리 및 중랑 · 서남 시설 현대화 추진계획이 수립되었고, 2009년 입찰공고 및 기본설계 입찰이 진행되어 2013년 5월에 1단계 시설 현대화 공사가 착공되었다. 2020년부터는 상부공원 공사가 착공되어 진행 중이다.

서남물재생센터 현대화의 파급효과로는 전 시설이 지하화 · 현대화 및 공원화됨으로써 강서에 부족한 시민 편의시설을 제공하고, 녹지 공간을 확대하며, 오폐수로 인한 악취 제거와 환경 개선에 기여한다는 점을 꼽을 수 있다.

3. 마곡지구 청년 도전숙 조성

서울의 저소득 청년 창업인 또는 창업 준비생을 위한 공공 원룸주택 공급을 목적으로 하는 공약이다. 마곡 신도시 안에 청년들이 활기차게 일하고 쉴 수 있는 공간을 제공하여 강서구를 생동감 있는 도시로 만들고자 한다. 사업 명칭은 1인 창조기업인 등 청년을 위한 매입 원룸주택 '도전宿'이며, 대지 면적은 3,869㎡이고 건립 규모는 건설형 도전숙 227호와 기숙사 48호이다.

위치	서울특별시 강서구 마곡도시개발사업구역 내 DS13
지역 지구	지원시설용지(DS13)
규모	건폐율 : 60% / 용적률 : 300%

도전숙 조성 공약 이행 관련 의정활동으로는 2021년 6월에 마곡지구 추진현황 자료 요구 및 서울주택도시공사로부터 설명 보고를 듣고, 서울시 및 서울주택도시공사와 다수의 간담회를 개최하여 도전숙의 빠른 착공과 건설을 요구하였다.

공약 이행 과정과 성과는 다음과 같다.

2007.12.: 도시개발구역 지정 및 개발계획 수립 고시

2008.12.: 실시계획인가 고시

2012.10.: 도시개발구역 지정변경, 개발계획 변경, 실시계획 변경

2015.05.: 개발계획 변경(6차), 실시계획 변경(6차), 지형도면 고시

2016.12.19.~2017.07.18.: 복합개발 공고 지침 수립 용역

2017.08.10.~2017.11.27.: 사업 타당성 분석 용역

2017.11.27.~2018.01.26.: 지방공기업평가원 신규투자사업 타당성 예비 검토

2018.09.17.: 제2회 투자심사위원회(결과: 원안 가결)

2018.11.13.: 세335회 이사회 개최(결과: 원안 의결)

2018.11.21.: 제284회 시의회 제5차 본회의 사업 추진 동의(안) 원안 의결

2018.12.14.: 시의회 정례회 신규투자사업 동의(안) 원안 의결

2019.11.17.: 설계용역 계약 및 착수

2020.11.19.: 서울시 공공주택통합심의 개최(결과: 조건부 가결)

2020.12.08.: 서울시 건축/교통/경관 심의(결과: 조건부 가결)

2021.03.03.: 도전숙 주택건설사업계획 승인 완료(서울시 공공주택과)

2021.03.25.: 서울시 구조안전전문위원회 심의 개최(결과: 조건부 의결)

2021.04.01.: 서울시 건술기술심의 개최(결과: 조건부 채택)

2021.06.24.: 서울시 국토심의전문위원회 심의 개최(결과: 조건부 보고)

향후 계획으로는 2022년 1월 공사를 착공하여 2024년 상반기에 준공될 예정이다. 파급 효과로는 도전숙을 통해 마곡산업단지 조성 방향에 부합하는 업무 및 주거 복합공간을 구현하고, 이를 통해 서남지역 주민들의 주거 안정 및 주거 수준의 향상을 도모할 수 있다.

4장 시정질문과 조례 개정 입법활동

시의회 활동

나는 서울시 시의원으로서 심하게 아프거나 외부 출장 등 부득이한 일이 있는 경우를 제외하고는 본회의에 빠짐없이 참석하여 98% 이상의 출석률을 기록하였고, 시정질문 3차례, 대표발의 27건(제정이나 전부개정 6건, 일부개정 21건), 공동발의 71건으로 그 어느 의원보다 활발한 조례 제·개정 활동을 했다고 자부한다.

그 성과를 인정받아 2019년에는 백범기념관에서 열린 제7회 우수의정 대상 시상식에서 우수의정 의원으로 선정되어 수상을 하였고, 2020년에도 제13회 2020 지방자치 우수의정 의원으로 선정되어 수상을 하게 되었다.

제7회 우수의정 대상 시상식(2019.7.25)

시정질문 활동

나는 3번의 시정질문을 통해 마곡산업단지, 서남물재생센터, 열병합발전소, 방화동 건설폐기물 처리장 문제를 제기하였다.

서울시의회 제287회(2019년 6월 12일) 정례회 시정질문에서는 마곡지구 개발사업으로 준공된 공공도로, 사유지 내 공공성이 있는 공공 보행통로 및 시설 등에 대한 유지 관리가 소홀함을 지적하고, 관리 주체를 분명히 할 것을 당부하였다. 또한 마곡지구의 공공시설이나 공공건축물을 조기 착공 및 준공하여 지역 경기를 활성화할 것을 박원순 서울시장에게 촉구하는 동시에, 서남물재생센터의 공기가 늦어져 인근 주민들의 불편을 야기하는 문제를 지적하면서 빠른 완공을 촉구하였다. 열병합발전소에 대해서는 주민들에게 사전 설명과 이해를 구하는 일이 선행되어야 함을 강조하였다.

서울시의회 제295회(2020년 6월) 정례회 시정질문에서는 마곡지구의 빠른 준공을 재촉구하였고, 이 과정에서 산업용지를 불하받고 변칙적으로 착공을 연기하고 있는 이랜드와 S-OIL의 문제를 지적하였다. 또한 등촌택지지구의 도시계획변경에 따른 공공 기여분의 기부채납 방식의 개선을 요구하였고, SH서울주택도시공사 사장에게는 공공 임대비에 따른 일반 관리비 부과로 인해 지역 주민들과 대립 중인 상황을 개선할 것을 요구하였다.

김용연 의원 시정 활동 결과(출처: 서울특별시의회)

구분			현황
1. 시정질문			3회
2. 5분자유발언			0회
3. 본회의 출석률			98.39%
4. 의회윤리특별위원회 제재건수			0 회
5. 조례 제·개정 건수			
대표발의	제정/전부개정	가결	5 건
		계류, 보류, 미처리	1 건
		폐기	0 건
	일부개정	가결	15 건
		계류, 보류, 미처리	6 건
		폐기	0 건
공동발의			71 건

서울시의회 제299회(2021년 2월) 정례회에서는 기후환경본부장을 상대로 방화동 건설폐기물 처리장에서 발생하는 건설폐기물 및 공사장 생활폐기물의 운반 · 처리 · 보관 과정에서 발생하는 환경 피해를 최소화할 것을 요구하였다. 또한 코로나19로 인한 방

김용연 의원이 대표발의한 조례개정안

번호	조례명	가결여부	발의연월
1	서울특별시 고령친화도시 구현을 위한 노인복지 기본 조례 일부개정조례안	가결	2021.08
2	서울특별시교육청 공항 소음 피해 학교 지원에 관한 조례안	가결	2020.10
3	서울특별시 동물보호 조례 일부개정조례안	가결	2019.03
4	서울특별시교육청 녹색 제품 구매 촉진에 관한 조례안	가결	2021.05
5	서울특별시 석면안전관리 및 지원에 관한 조례 일부개정조례안	가결	2021.05
6	서울특별시교육청 학교석면 안전관리에 관한 조례 일부개정조례안	가결	2020.12
7	서울특별시교육청 폐교 재산 활용 지원에 관한 조례안	가결	2019.08
8	서울특별시 개방화장실 운영 · 지원 등을 위한 조례 일부개정조례안	가결	2019.01
9	서울특별시교육청 에너지 이용 합리화에 관한 조례안	가결	2020.12
10	서울특별시 성별영향평가 조례 일부개정조례안	가결	2020.05
11	서울특별시립병원 설치 및 운영에 관한 조례 일부개정조례안	가결	2019.08
12	서울특별시 시민의 균형 잡힌 삶의 질 향상 및 격차 해소에 관한 조례 전부개정조례안	가결	2019.02
13	서울특별시 발달장애인 권리 보장 및 지원에 관한 조례 일부개정조례안	가결	2020.05
14	서울특별시 폐기물 관리 조례 일부개정조례안	가결	2020.12
15	서울특별시립학교 운영위원회 구성 및 운영 등에 관한 조례 일부개정조례안	가결	2020.10
16	서울특별시 공공주택 건설 및 공급 등에 관한 조례 일부개정조례안	가결	2019.10
17	서울특별시 시세 감면 조례 일부개정조례안	가결	2019.08
18	서울특별시교육청 공공건축물의 장애물 없는 생활환경 인증 조례 일부개정조례안	가결	2019.03

고령화 사회에 걸맞은 새로운 개념의 노인복지가 요구되고 있다.

역 위기 상황에서 빠른 백신 수급 위해 정부는 물론 서울시에서 많은 노력을 기울일 것을 요청하였다.

조례개정 발의

지난 4년 동안 대표발의한 조례개정(전면 및 부분개정)의 우선순위별 목록은 표와 같다. 그중 대표발의한 조례 중 몇 가지를 소개하고자 한다.

1. 고령친화도시 구현을 위한 노인복지 기본조례 일부개정조례안

우리가 거주하는 서울시는 65세 이상 노인 비율이 점차 높아지고 있지만, 무료한 일상을 보내는 노인이 증가하고 있는 것이 현실이다. 행복한 노후 보장뿐만 아니라 노인의 심신 건강 증진을 통한 사회적 비용 절감을 위해서라도, 노인의 삶의 질을 개선해야 한다. 이를 위해서는 노인이 접근하기 쉬운 복지시설, 야외 운동 시설 등과 연계한 노인 맞춤형 건강 증진 프로그램 제공 등 다양한 노인 맞춤형 사업을 추진할 필요가 있다.

2. 서울특별시교육청 공항 소음 피해 학교 지원에 관한 조례안

공항 주변 지역 주민들은 항공기 운항으로 발생하는 소음으로 인해 정신적·육체적 고통을 겪고 있음에도, 그동안 공익적 목적 때문에 감내해왔다. 그러나 항공기의 특성상 소음의 크기가 다른 소음보다 월등히 크고 영향이 미치는 생활반경도 광범위하여, 이로 인한 피해 방지 및 보상 등 대책 마련 요구가 지속적으로 제기되었다. 그러한 요구를 반영하기 위해서는 '공항소음방지법' 및 같은 법 시행령의 관련 근거를 보완하여 세밀하고 구체적인 대책을 마련할 필요가 있었다.

이를 위한 조례안의 주요 내용은 공항 소음 피해 학교의 쾌적한 교육환경 조성 및 지원을 위한 교육감의 책무 사항 규정, 공항 소음 피해 실태 조사와 교육환경 개선을 위한 각종 시설의 설치, 지원 사업의 효율적 추진을 위한 유관기관과의 협력체계 구축(방음시설 우선 설치 등) 등이다.

이 조례안은 여러 의미와 가치를 가지는데, 우선 공항 소음 대책 지역 등에 소재하여 피해가 발생하는 학교에 대한 지원 사항을 규정함으로써 쾌적한 교육환경 조성 및 학생의 학습권을 보장할 수 있다.

다음으로 '공항소음방지법' 및 같은 법 시행령 등 관련 법령에서는 소음 대책 지역에 소재하는 학교에 대한 냉난방시설 설치 및 전기료 지원만을 규정하고 있을 뿐 소음 피해를 방지하기 위한 실질적인 대책 및 학생 지원 등에 관한 명시적 규정이 없기 때문에, 이 조례안으로 서울시교육청이 해당 피해 학교를 지원할 수 있는 법적 근거를 마련하고 체계적인 지원 계획을 수립할 수 있다.

3. 서울특별시 동물보호 조례 일부개정조례안

현재의 동물보호법상 유기동물은 보호 이후 입양자가 없을 경우 안락사 등의 인도적인 처리를 해야 한다. 서울시는 유기동물 입양을 권장하고 있으나, 일정 기간 동안 입양되지 않는 경우 안락사하고 있는 것이 현실이다.

2018년을 기준으로 전국에서 유기동물은 12만 1,200마리가 발생하였고, 이 중 주인에게 인도되는 비율은 13.1%이며 분양이 29.5%, 안락사가 21.9%, 자연사가 25.5%로 나타난다. 따라서 유기동물 발생 최소화 및 동물보호와 복지를 위해 서울시 차원의 다양한 개선 방안을 모색할 필요가 있고, 유기동물 입양 활성화를 통해 입양률을 제고하며 동물 유기 및 유실 방지를 도모해야 하기에 동물보호 조례안을 개정하게 되었다.

주요 내용은 동물복지위원회 위원 자격을 명시하고, 유기동물 응급치료센터 설치 및 운영에 대한 규정을 재정비하며, 유기동물 입양 시민에게 동물등록 무선식별장치와 동물등록 비용, 동물 보험료를 일부 지원하고, 피학대 동물의 치료비 등 실제 소요 비용을 그 소유자에게 청구 가능하도록 규정하는 것이다.

동물의 유기 사유 중 하나가 과도한 병원비 지출 등으로 인한 부담이고 이로 인해 동물이 자연사하거나 안락사되는 사례가 많으므로, 유기동물 보험료를 지원하면 향후 병원 치료비용 부담이 줄어들어 치료를 포기하는 경우가 감소할 것으로 예상된다. 또한 내장형 동물등록 마이크로칩은 동물이 유기 또는 유실된 경우에 소유주가 빠르게 해당 동물을 찾게 해줄 것으로 기대된다. 마지막으로 피학대 동물의 실제 보호비용 청구는 동물 학대에 대한 경각심을 고취시키는 효과를 낼 것으로 기대된다.

5장 지역예산 확보와 예산절감 활동

지역예산 확보

나는 지난 4년 동안 지역예산 확보를 위해 많은 노력을 기울였다. 우선순위별로 정리한 사례 목록은 표와 같다. 지역구 관내 학교 교육환경 개선 사업에 397억 원을 비롯해 총 28개 사업에 864억 7천만 원의 지역을 위한 예산을 확보하여, 강서 지역의 발전을 위해 사용하도록 하였다.

1. 강서시니어클럽 설치 및 예산 증대

시니어클럽은 전문 인력과 시설을 갖추고 지역의 자원을 활용하여 일자리를 제공하는 지역사회 노인 일자리 전담 기관이다. 65세 이상의 노인과 50세 이상의 퇴직자들이 각종 활동을 통해 소득

번호	사례명	확보 규모	발의 년도
1	지역구 관내 학교 교육환경 개선 예산	397억 원	2019-2021
2	강서시니어클럽 설치 사업	4억 원	2019-2020
3	50플러스센터 설치 사업	18억 5천만 원	2020-2021
4	강서구 보육시설 증설 사업	213억 원	2019-2021
5	방화 보건지소 설치 사업	2억 9천만 원	2020-2021
6	개화산 인공수로 설치 사업	5억 3천만 원	2021
7	도로 먼지 흡입 청소차 구입 사업	2억 8천만 원	2019-2022
8	강서구 태양광 설치 사업	8천 8백만 원	2020-2021
9	강서자원순환센터 건립	45억 원	2020
10	꿩고개근린공원 조성	61억 원	2019-2020
11	꿩고개근린공원 공원조명 개량공사	1억 5천만 원	2020
12	꿩고개근린공원 보수정비	2억 원	2021
13	궁산근린공원 조성	2억 1900만 원	2020
14	궁산근린공원 공원조명 개량공사	1억 원	2020
15	궁산근린공원 자연학습장 정비(시민 참여)	2억 1600만 원	2021
16	강서나눔곳간 건립	3억 1천만 원	2019
17	아파트 열린녹지 조성사업	1억 8백만 원	2020
18	자전거도로 안전시설 확충	1억 원	2020
19	옥상녹화, 텃밭 조성(이천프라자)	8천만 원	2019
20	민방위비상급수시설 설치 공사	7천 5백만 원	2019
21	등촌동 664번지 일대 하수암거 보수보강공사	28억 원	2020
22	등촌동 702-1번지일대 하수암거 보수보강공사	25억 원	2020
23	등촌동 678-14~발산역 간 사각형거 보수보강공사	18억 원	2020
24	방화대로 48길49 일대 외 1개소 하수관로 보수보강	6억 6천만 원	2020
25	금낭화로 24나길 4 외 3개소 하수관로 개량공사	5억 원	2020
26	강서로56길 66 외 1개소 하수관로 개량	1억 5천만 원	2019
27	화곡로63길 일대 하수관로 개량	7억 원	2021
28	화곡로63가길 66 외 1개소 하수관로 개량	8천만 원	2019

을 올리고, 여가 시간을 활용해 친목을 도모하며, 봉사활동에도 참여할 수 있다. 어르신들의 사회적 경험 및 지식을 활용할 수 있고, 노인들의 경제활동과 사회참여 활동 확대를 통해 건강 및 복지 증진을 유도하여 궁극적으로 고령사회에 대비하기 위해 꼭 필요한 사업이다.

서울시의회 제285회 임시회 보건복지위원회 회의에서 새로 개관한 시니어클럽의 예산 확보와 계속적인 지원을 요청하였고, 강서시니어클럽은 2019년 9월 개관 이후 매년 2억 원의 시비를 지원하여 총 예산 3억 4천만 원의 60%를 시비로 지원하고 있다.

2. 강서구 보육시설 증설 사업

강서구는 마곡신도시 건설과 더불어 젊은 세대가 많이 유입되고 있으므로, 젊은이들이 살기 좋은 도시로 만들기 위해 구립 보육시설을 확충 증설하고 이를 위한 사업 예산을 충분히 확보할 필요가 있다. 또한 출산율 감소에 따른 대응책 중 하나로 구립 보육시설의 확충을 추진할 필요가 있으며, 보육 공공성 강화를 통해 영유아 가정에 실질적으로 도움이 되는 지원을 해야 한다.

나는 2018년 지방선거 당시 '강서구 영유아 보육시설 확충'을 공약으로 제시하였으며, 2019년 11개 시설 46억 7천만 원, 2020년 8개 시설 116억 8천만 원, 2021년 6개 시설 50억 원의 시 예산을 확보하여 강서구의 영유아 보육시설 확충을 위해 노력하였다.

3. 도로 먼지 흡입 청소차 확대

차량을 운행하면 도로에 타이어나 브레이크 패드의 마모 가루 같은 재비산먼지가 많이 발생한다. 특히 승용차보다 중량이 무거운 화물차에서 많이 발생하는데, 이러한 미세먼지를 효율적으로 제거하고 대기질을 개선하기 위해 도로 먼지 흡입 청소차의 추가 도입이 필요하였다.

나는 2018년 지방선거 당시 '도로 먼지 흡입 청소차 확대'를 공약으로 제시하였고, 시의원에 당선되어 2019년 강서구에 도로 먼지 흡입 청소차(1억 3600만 원) 1대를 구입하였으며 2022년에도 1대를 추가 구매할 예정이다.

예산절감 활동

나는 시의회 전반기에는 보건복지위원회와 예산결산특별위원회에서, 후반기에는 교육위원회에서 활동하며 수많은 예산절감 사례를 만들었다. 총 다섯 가지 사업에서 약 219억 원의 서울시 예산을 절감하였으며, 몇 가지를 정리하자면 다음과 같다.

1. 학교관리실 환경 개선 예산 일부 감액

교육위원회에서 활동하면서 학교관리실(교무실, 행정실)의 환경 개선 비용이 과다하게 책정되어 있음을 발견하였다. 2021년 2차 추경을 통해 교육청에서 997억 원을 책정한 행정실과 교무실

김용연 의원의 예산절감 사례

번호	사례명	절감 규모	년도
1	학교관리실(교무실,행정실) 환경 개선 예산 일부 감액	204억 원	2021
2	거점형 키움센터 설치 예산 과다 책정 감액	3억 4천만 원	2020
3	저소득층 아동 미세먼지 마스크 지원 사업 중복 예산 감액	7억 5천만 원	2020
4	여성 노숙인 시설 기능 보강 예산 절감	3억 원	2019
5	여성발전센터 운영 예산 절감	1억 원	2019

환경 개선 비용은 교직원들의 열악한 환경을 고려한다면 필요한 것으로 보이지만, 추경이라는 점과 교부금이 학생 중심으로 사용되지 않는다는 점에서 수정이 필요하다고 판단하였다.

그래서 서울시의회 제302회 임시회 교육위원회 제1차 회의에서 997억 원으로 책정된 학교관리실(교무실, 행정실) 환경 개선 비용이 과다함을 지적하고, 당초 추가경정예산 편성액 997억 원에서 204억 원을 감액하여 해당 사업 예산으로 793억 원을 편성함으로써, 결과적으로 204억 원의 예산절감 사례를 만들었다.

2. 거점형 키움센터 설치 예산 감액

모든 아동이 넓고 좋은 공간에서 문화 · 예술 및 창의적 활동을 경험하고 지역 내 아이돌봄 허브 역할을 수행할 수 있는 대규모 거점형 키움센터 설치가 필요하였다. 거점형 키움센터 종로구 3

호점 설치 예산 책정을 살펴보니, 노원구 1호점에 준하여 편성하였다고 되어 있었다. 그러나 1호점은 ㎡당 110만 원으로 총 1,500㎡에 16억 5천만 원이 편성되었는데, 3호점은 1호점보다 200㎡ 이상 면적이 작기 때문에 적정한 수준으로 예산을 수정할 필요가 있어 보였다.

서울시의회 제290회 정례회 보건복지위원회 제2차 회의에서 거점형 키움센터 종로구 3호점 설치 예산이 과다 책정된 부분을 지적하고, 당초 편성액인 22억 8천만 원에서 지적한 부분을 감액하여 19억 4천만 원으로 예산안을 수정함으로써 3억 4천만 원의 예산을 절감하였다.

3. 저소득층 아동 미세먼지 마스크 지원 사업 중복 예산 감액

서울시 가족담당관에서 추진하는 저소득층 아동 대상 미세먼지 마스크 지원 사업이 2019년 9월부터 시행하고 있는 복지정책과의 저소득층 미세먼지 마스크 지원 사업과 중복된 부분이 있어 예산 편성 수정이 필요하였다.

서울시의회 제290회 정례회 보건복지위원회 제2차 회의에서 이 점을 지적하고 당초 편성액 전액을 삭감하여 7억 5600만 원의 예산을 절감하였다.

6장 행정감사를 통한 개선

나는 지난 4년의 의정생활 동안 보건복지위원회와 교육위원회에서 행정감사를 통해 지역의 수많은 사항을 개선하였다. 그중 몇 가지를 정리해본다.

서남병원 방화 노선 셔틀버스 이용 실적 개선

2019년 보건복지위원회 행정사무감사에서 서남병원 방화 노선 셔틀버스의 저조한 이용 실적을 개선할 방안을 마련할 것을 주문하였다. 서남병원은 서울에서 두 번째로 큰 공공의료원이다. 서남병원 셔틀버스 노선 중 양천 노선은 홍보가 잘 되어 월 평균 약 5천 명이 이용 중인 반면, 가양등촌 노선은 500~700명 수준이고 방화 노선은 이보다 이용자가 적어 상대적으로 이용 실적이 저조

번호	개선사항	년도
1	서남병원 방화 노선 셔틀버스 이용 실적 개선 방안 마련	2019
2	도서관 지역사회 주민 참여 행사 확대 및 관련 예산 확충	2020
3	돌봄 사각지대 해소를 위한 인력 확보 및 현장 지원 확충	2020
4	어울림플라자 국제현상설계 공모 당선작 관련 변경사항 주민 설명	2019
5	민간 건축물 화장실 남녀 분리를 위한 실태 조사 등	2018
6	에너지이용합리화 규정에 따른 의무사항 이행 위해 관련 제도 정비 및 추진	2020
7	석면안전관리 관계 법령 개정에 따른 안전관리인 배치	2020
8	특성화고 학과 개편 등 전면적 재정비	2020
9	생태전환교육 전문교사 확보 등	2020
10	매입형 유치원 대상 건축물의 철저한 정밀 안전점검 및 안전진단 실시 및 데이터 확보	2020
11	공립유치원 확충 시 원감 인력 배치 등의 문제 해결방안 모색	2020
12	학교급식법 개정으로 인한 사립유치원 급식시설 확충 및 영양사 배치 등 재정적 어려움 발생 방지 대책 마련	2020
13	스마트도서관 이용률 제고 방안 모색	2020
14	사서직 출신 도서관장 임명 등 효율적 보직 관리 방안 마련	2020
15	수의계약 시 지역업체 참여 활성화 및 계약 투명성과 객관성 확보 노력	2020
16	서울복지재단 수의계약 관리감독 철저	2019
17	기능 보강 사업 관리감독 철저	2019
18	유기동물 및 반려동물 사체 처리 관련 서울 관내 동물화장장 설치 검토 및 구별 통합운영 방식의 동물보건소 설립 검토	2019
19	장애여성인력개발센터 보조금 체납 납부 관련 상환 계획 수립	2019
20	서울의료원 진료비 감면 관련 개선 주문	2018
21	서울의료원 강남분원 효율적 운영 위한 분양계획 재수립 및 조속 이전 추진	2018
22	서남병원 재정적 어려움 관련 적절한 예산 배정 필요	2018
23	은평병원 석면공사 관련 서류 누락 등 행정처리 미흡에 대한 대책 마련	2018
24	기능보강사업 집행 과정 지적 및 사업 검토 관련 전문인력 검토 주문	2018
25	강북노인종합복지관 석면 포함 천장 공사 절차 준수	2018
26	사립학교법 개정안 시행 전 일부 사립학교의 신규교사 대거 채용 관련 대책	2021
27	탄소중립 달성 위한 기관・부서별 실천과제 및 사업 실행 계획 마련	2021
28	각급 학교 교직원 채용 서류 전형 시 방문접수(직접 제출) 지양	2021
29	특성화고 취업률 제고 및 교육환경 관련 정책적 관심 강화	2021
30	강서도서관 분관 설립 관련 지역 주민 간담회 개최	2021
31	교육청 공공데이터 및 오픈 API 제공 확대	2021
32	사립학교 오폐수 무단 또는 초과 방류 위반 사항 전수 조사	2021
33	학교시설 치장 벽돌 및 드라이비트 교체	2021

했다. 홍보 부족으로 셔틀버스 노선을 미처 알지 못해 이용하지 못하는 환자들의 이용률을 높일 필요가 있었다.

당시 행정사무감사에서 방화 노선의 이용률 저조 원인을 파악하고 가양등촌 노선과 방화 노선을 합치는 등 다양한 방안을 검토할 것을 주문하였다. 그 결과 방화 노선의 배차 간격을 좁혀 운행 횟수를 4회에서 7회로 늘렸으며, 방화복지관 및 관리사무소 등과 지속적 협력을 위한 MOU를 체결하고 이를 활성화하기 위한 간담회도 진행하였다.

또한 강서지역 복지관 내부에 셔틀버스 시간표를 게시하고 승하차장 안내 표시를 강화하여 이용률을 높였다. 이와는 별도로 서남병원이 지역사회 무료 진료를 확대하고 온·오프라인 홍보활동을 강화하며, 셔틀버스 운행 결과 모니터링을 통한 노선 조정 등을 관계기관과 협의하여 진행함으로써 셔틀버스의 이용 실적이 개선되었다.

도서관 지역사회 주민 참여 확대 및 관련 예산 확충

나는 평소 도서관이 복합문화센터의 역할을 해야 한다고 생각하였다. 그러기 위해서는 도서관이 지역사회와 협력하여 진행하는 사업들을 통해 시민들과 함께해야 할 필요가 있다. 그러나 서울시의 도서관들은 영역이 기존 업무에 국한되고, 지역사회와 협력하는 사업은 거의 없었다. 도서관의 전문성을 활용하여 다양한

도서관 주민 참여 관련 예산 확충

사업명	세부 내용	추진예산 (천 원)
동네책방 네트워크사업	동네책방, 지역서점 지원 및 특화프로그램	100,650
온 가족 책 잔치	교육청-자치구도서관 및 유관기관 연계 연합 책 축제	33,000
(서울시협력) 마을 결합형 도서관	학교-자치구-작은도서관 연계 독서문화프로그램	130,000
평생학습협력망 및 지정평생학습관 사업	지역 내 복지관 및 평생교육기관 연계 마을학교 네트워크, 소외계층 특성화 프로그램	610,720

계층별 수요 및 특성을 반영한 인문 · 독서 · 평생학습프로그램

사업명	세부 내용	추진예산 (천 원)
우리 아이 첫 독서학교	(2021년 신규) 유아를 위한 독서교육 및 꾸러미 배부	110,000
고전 · 인문 아카데미 2.0	청소년을 위한 학교 연계 인문아카데미	89,850
기관별 독서문화 진흥사업	영아~성인 등 계층별 독서진흥을 위한 기관 특성화 사업	366,180
(서울시협력) 도서관 대학	인문교양강좌 및 체험형 문화예술프로그램	110,000
(서울시협력) 창의 학습 공간 조성	도서관 노후공간을 학습 · 체험 · 협업 공간으로 리모델링	110,000
평생교육프로그램	어린이~노인 등 계층별 평생교육프로그램	597,200

행사가 충분히 가능한데도 이런 사업이 부진하였다.

나는 2020년 교육위원회 행정사무감사에서 교육청 도서관 예산으로 학부모와 아이 동반 체험교육 프로그램을 운영할 것을 제안하였고, 지역사회 협력사업 및 주민 참여 행사 추진을 위한 예산 22억 5760만 원을 확보하여 지역사회와 함께하는 협력사업을

추진하였다. 또한 계층별 수요 및 특성을 반영한 인문 · 독서 · 평생학습프로그램을 만들어 실행할 수 있게 하였다.

돌봄 사각지대 해소를 위한 인력과 현장 지원

2020년 행정사무감사에서 돌봄 사각지대 해소를 위해 교육청이 다양한 방안을 검토할 것을 요구하고, 이를 위한 인력 확보와 현장 지원을 확대할 것을 주문하였다. 최근 코로나19로 인해 감소한 돌봄교실의 아이들에 대한 관심과 관리의 필요성이 커지고 있으며, 돌봄교실의 인력 부족으로 인한 사각지대가 많이 발생하고 있어 이에 대한 조치가 요구되었다.

2020년 교육위원회 행정사무감사에서 돌봄 사각지대 가능성에 대한 우려와 돌봄 대상 학생 현황을 철저히 파악하여 이에 대처할 것을 요구하였다. 또한 돌봄 사각지대 아이들을 조기 발견하여 돌봄교실로 유도할 방안을 강구할 것을 주문하였고, 코로나19로 인해 감소한 돌봄교실 2만 명의 아이들에 대한 학교 차원의 관심과 적극적인 행정을 서울시교육청에 주문하였다.

그 결과 돌봄 사각지대 해소를 위한 인력 확보 및 교실 확충과 현장 지원활동을 통해 34명의 전담 인력이 확보되었고, 공립초 148교에 268실의 돌봄교실, 그리고 2억 2700만 원의 예산 지원을 이끌어냈다.

어울림플라자 디자인 변경에 대한 주민 설명

어울림플라자는 장애인과 비장애인이 함께 이용할 수 있는 복합문화복지시설로, 서울시가 강서구 등촌1동의 한국정보화진흥원 부지에 건설하는 공공사업이며 2024년 2월 완공 예정이다.

나는 2019년 행정사무감사에서 어울림플라자의 설계 디자인 변경사항에 대해 주민들에게 설명해야 할 필요성을 제기하였다. 어울림플라자의 국제 현상설계 공모 당선작 선정 당시와 이후 실제 공사 규모(연면적, 층수, 규모) 간에 현저한 차이가 발생하였기 때문이다. 이는 당선작 설계 건축가의 디자인 가치를 존중하고 주민의 이해를 구하는 방법이라고 생각하였다.

서울시 장애인 지원단체 센터장 간담회

이후 기본 구상 당시 디자인과 국제현상설계 공모 당선작 사이의 상이한 부분에 대해 주민들에게 충분히 설명한 후 사업을 추진할 예정이라는 답변을 받았고, 서울시는 2020년 7월 30일 주민 설명회를 실시하여 설계 변경에 따른 이해를 구하였다.

사립학교법 개정안 시행 전 신규 교사 채용에 관한 조치

사립학교법 개정으로 2022년 3월 25일부터 사립 초 · 중 · 고교가 교원을 신규 채용할 때 1차 필기시험을 관할 교육청에 의무 위탁하는 것으로 변경되었으나, 일부 사립학교에서 필기시험 의무위탁 시행에 앞서 교육청과 사전 협의 없이 대규모 신규 채용을 실시하는 일이 벌어졌다.

2021년 11월 교육위원회 행정사무감사에서 사립학교법 개정 시행 전에 진행되고 있는 일부 사립학교의 과도한 신규 교원 채용에 대해 철저한 조사를 실시할 것과, 문제가 발견될 시 교육청이 절차에 따라 엄정히 조치할 것을 주문하였다.

그 결과로 서울디자인고등학교 신규 채용 인원이 21명에서 14명으로 조정되었으며, 서울시교육청은 향후 사립학교 교원 신규 채용 전수 조사 및 현장점검 실시를 통해 지도 · 감독할 것과 사전 협의 미실시 등으로 과원 발생 시 인건비 미지원 등 제재를 가할 것임을 밝혔다.

탄소중립 달성을 위한 실행계획 수립

2021년 9월 24일, 2050 탄소중립 국가 목표 달성을 위한 법정 절차와 정책수단을 담은 법률인 '탄소중립 · 녹색성장기본법'이 공포되었으며, 대한민국은 2050 탄소중립 비전을 법제화한 14번째 국가가 되었다. '탄소중립 · 녹색성장기본법'은 2030년까지 중장기 국가 온실가스 감축 목표(NDC)를 2018년 대비 40%로 명시하였다. 그리하여 정부는 감축 목표 달성을 위해 국가 전체와 지역 단위까지 기본 계획을 수립해 점검하도록 하는 등 탄소중립 이행체계를 확립하고자 하였다.

2021년 교육위원회 행정사무감사에서 탄소중립 달성을 위한 서울시교육청 차원의 자체 실행 방안을 마련할 것을 주문하였으며, 그 결과로 교육청은 12월 생태전환 · 탄소중립 실행 방안 마련을 위한 팀장 워크숍을 운영하였고, 올해 1월에는 생태전환 · 탄소중립을 위한 기관 · 부서별 생활 실천과제 및 사업 실행계획을 마련하였다.

특성화고 취업률 제고 및 교육환경 개선 활동

서울의 직업계 고등학교 평균 취업률은 2019년 37%, 2020년 52.2%, 2021년 55.5%로 계속 상승하였지만 전국 평균 55.4%에 비해 높지 않은 수준으로, 취업률 제고를 위해 추가적인 방안 마련이 필요하다고 생각하였다. 2021년 11월 교육위원회 행정사무감사에서 특성화고 취업률 제고를 위해 교육청이 더 노력하고 교육 환경 개선을 위해 정책적 관심을 강화할 것을 주문하였다.

결과적으로 교육청은 특성화고 취업률 제고를 위해 다음과 같은 계획을 수립하여 실천하고 있다.

- 지자체 및 유관기관의 협력으로 현장실습 기업 및 취업처 발굴(2022년 연중)
- 안전한 학습 중심 현장 실습 교육과정 운영 지원(74개 교, 2022년 연중)
- 채용 방식 변화 대비 비대면 면접 프로그램 지원(80개 교 2천명, 2022년 3~12월)
- 현장실습 선도기업 협의체 운영을 통한 선도기업 발굴 승인(2022년 6월~2023년 2월)
- 취업지원관(서울시 협력 포함) 및 현장실습 기업 점검을 위한 학교전담노무사 배치(80개 교, 2022년 3~12월)
- NCS 산업분야별 산·학·관 협의체 운영 및 양질의 취업처 발굴 확대(2022년 3~12월)
- 2021년 직업계고(80개 교) 취업기능 강화사업 운영 지원 및 모니터링(2022년 3월~2023년 2월)
- 교육청 취업지원센터의 기업-학교 취업 매칭 추진(2022년 연중)

또한 직업계고 교육환경 등에 대한 정책적 관심의 강화를 위해 다음의 활동을 진행하였다.

- NCS 기반 교육과정 운영을 위한 실험 · 실습실 현대화 및 실험 · 실습 기자재 확충과 재료비 및 실습실 유해환경 개선 지원(74개 교, 38억 1434만 원, 2022년 3~12월)
- 안전한 현장실습 운영을 통한 직업계고 직무교육환경 개선을 위한 조례 일부개정(2022년 1~4월)
- 직업계고 학생 교육환경 보완 및 학습 지원을 위한 조례 제정 지원과 예산 지원(2022년 3~12월)

강서도서관 분관 설립에 관한 주민 설명회 개최

강서구의 서울서진학교 설립 추진 과정에서 서울시 교육감은 편익시설을 건립할 것을 지역 주민들에게 공약했다. 이에 따라 주민들과 협의를 거쳐 '강서도서관 가양분관' 건립을 추진하게 되었다. 이와 관련하여 지역 주민들에게 추진 일정 및 내용에 대해 상세하게 설명할 필요가 있다고 생각하였다.

2021년 교육위원회 행정사무감사에서 강서도서관 가양분관 설립에 관한 지역 주민 설명회를 개최하여 추진 일정 및 내용에 대해 상세히 설명할 것을 주문하였으며, 그 결과 2021년 11월 30일 서울서진학교 시청각실에서 '상생과 공유의 주민 · 청소년 문화공간 구축 주민 설명회'를 개최하였다. 이 자리에는 국회의원, 시의원, 구의원 및 지역 주민 총 53명이 참석하여 강서도서관 가양분관 설립에 대한 염원과 관심을 보여주었다.

학교급식 공산품 납품에 관한 공청회 제안

학교급식은 우리나라의 미래인 학생들의 건강을 책임지는 중요한 요소이다. 그러나 학교급식 관련 납품에서 적정가격 산정 등의 문제가 지속적으로 제기됨에 따라, 학교보건진흥원을 비롯하여 영양교사 등 교육청 관계자와 업계 관련자가 현안에 대해 함께 논의할 자리를 마련할 필요가 있었다.

2021년 교육위원회 행정사무감사에서 학교급식 공산품 납품과 관련하여 이해관계자들이 현안을 공유하고 의견을 개진할 수 있는 공청회 개최를 제안하였다. 그 결과 2021년 12월 7일에 서울시와 서울시교육청, 서울시의회가 함께 학교급식 공산품 적정가격 산정을 위한 간담회를 개최하였으며, 학교보건진흥원장 및 급식운영과장, 영양교사와 공산품 업체 4곳 및 서울식자재연합회, 시의원 등이 참석하여 적정 기초가격 산정 등 관련 현안에 대해 논의하였다.

2021 서울시의회 행정사무감사 우수의원 선정

나는 서울특별시 교육위원회 소속으로 '2021년 지방자치 의정대상'과 '제12회 서울사회복지대상'에서 서울복지신문사장상을 수상하였고, '2021년 더불어민주당 지방정부 우수정책 · 우수조례 경진대회'에서 '우수조례2급'으로 포상을 받았다. 또한 제10대 서울시의회 전반기에는 보건복지위원회 위원으로, 후반기에는 교육위원회 부위원장으로 활동하면서 서울시 교육 현안과 강서구 지역 현안 해결과 대책 마련을 위한 다양한 활동을 펼쳤다. 그 결과 2021년 서울시 행정사무감사 우수의원으로 선정되는 영광을 누리기도 했다.

2021년 서울특별시의회 행정사무감사 우수의원 선정(출처: 시사뉴스)

7장 지역 발전을 위한 활동

서남병원 강서노선 셔틀버스 운행

강서구에는 시립병원으로 서남병원이 있다. 서남병원은 서울시의 서남권에 자리한 K-방역의 중심지로, 서울 시민의 백년 건강을 위한 곳이다. 그러나 진료권 지역에 해당함에도 불구하고 접근성이 떨어져 2018년 8월 기준 강서구 거주 외래진료 환자 수가 전체 환자 수의 7.6%에 불과하였고, 여타 시립병원과 달리 인접 지하철역이 없어 거동이 불편한 장애인이나 어르신들이 내원에 어려움을 겪고 있었다.

그래서 서울시 보건복지위원회에서 공공의료서비스 접근성 확대 차원에서 강서노선 셔틀버스 운영을 추진할 것을 요구하였고, 그 결과로 서남병원 강서노선 셔틀버스 운행이 시작되었다. 또한

서남병원 강서노선 셔틀버스의 운행으로 강서구민의 접근성이 크게 향상되었다.

장애인, 노약자를 위한 휠체어 탑승 버스를 도입하여 운행하게 되었다. 5호선 까치산역과 화곡역을 경유하는 셔틀버스와 휠체어 탑승 버스가 도입됨에 따라 강서구 지역 주민의 의료 접근성 향상을 기대하게 되었고, 공공병상 수가 낮은 강서구의 공공의료 접근성을 개선하고 구민들의 건강 격차 해소에 기여하게 되었다.

서남병원 쌀 나눔 행사 및 의료복지 MOU 체결

시립병원인 서남병원은 건강과 사랑이 꽃피는 따뜻한 연말을 보내겠다는 캐치프레이즈와 함께 2018년과 2019년 의료취약계층과 지역사회에 나눔을 실천하기 위한 쌀 나눔 행사를 기획하였다.

진성준 지역위원장과 나, 강서 지역 복지관이 함께 참여하여 '사랑의 쌀 나눔 및 건강증진' 행사를 진행했다. 서남병원은 이 행사를 통해 600만 원에 상당하는 10kg 쌀 200포를 지역사회 취약계층을 위해 복지관 내 무료급식소에 전달하였다.

쌀 나눔 행사뿐만 아니라, 서남병원은 강서구 지역 종합사회복지관 종사자들을 위한 건강증진 프로그램 도입과 의료취약계층 대상 의료사회복지서비스 제공을 위한 MOU도 체결하였다. 이 협약을 통해 강서구의 복지관 10여 곳의 사회복지종사자들의 건강증진은 물론 처우 개선을 기대하고, 지역사회의 상생 발전을 도모하게 되었다.

그러나 2020년과 2021년에는 서남병원이 코로나19 감염병 전담병원으로 지정되어 이와 같은 행사가 이어지지 못한 아쉬움이 있다.

시립병원 전공의 채용 관련 요청

2018년 행정사무감사에서는 서울시 대표 시립병원인 서울의료원의 미숙한 행정운영 지적 및 행정처리 전반에 대한 개선책을 마련할 것을 촉구하였다. 또한 전공의법이 시행된 후에도 계속해서 일반의를 채용하고 있는 것을 문제점으로 지적하고, 전문의 증원을 통해 공공의료서비스 질 향상과 전공의 업무 부담 완화를 꾀할 것을 요구하였다.

전공의법(전공의의 수련 환경 개선 및 지위 향상을 위한 법률)은 전공의들의 살인적 근무 환경으로 과로로 인한 사망 사건까지 발생하자 2015년에 마련된 법이다. 전공의법 시행 이후 전공의의 최대 근무 시간이 주당 80시간으로 제한되면서, 서울의료원에서는 이에 따른 진료 공백을 최소화하고 전공의의 근무 부담을 줄이기 위해 일부 학과에 한해 일반의를 채용하고 있다고 해명하였다.

그러나 나는 서울시 공공의료 서비스의 큰 축을 담당하는 서울의료원에서 전공의 수련 환경 개선을 목적으로 일반의를 채용하면 의료의 질이 낮아질 우려가 있다고 생각하였다. 따라서 전문의를 늘려 양질의 의료서비스를 제공하는 것이 장기적으로 효과적이고 효율적인 방안이므로, 전문의를 늘릴 것을 주문하였다.

개인적으로는 큰아들이 대학병원에서 전공의로 근무할 때 주당 100시간이라는 살인적인 근무 여건을 확인한 경험이 있기에, 전공의 근무 환경 개선의 필요성을 뼈저리게 실감하기도 하였다.

마곡지구 공공통행로와 서남물재생센터, 열병합발전소 관련 건의

서울시의회 제287회 정례회 시정질문에서는 박원순 시장님을 상대로 강서 마곡지구 내 공공보행통로 관리 부실과 서남물재생센터 현대화 사업 준공 지연을 지적하였다. 또한 서남물재생센터 내 공공임대주택 건립은 지역 주민과 충분한 협의를 거쳐 진행할 것을 요구하였고, 서남집단에너지(열병합발전소) 증설 계획 수립 시에도 지역 주민과의 협의 및 설득을 거칠 것을 요구하였다.

마곡지구 내 공공통행로에 관해서는, 사유지 내에서 실질적으로 시민들이 함께 이용하고 있는 보행통로에 대해 시민들이 직접 협의체를 구성하고 설계부터 관리감독까지 관여할 수 있도록 시민참여예산제 적용을 제안하였다.

이에 대해 박원순 서울시장은 마곡지구 공공도로와 시설에 대해 정확하게 인수인계하고, 사유지 내 공공보행통로에 대한 시민참여예산을 요청하며, 서남물재생센터 내 공공임대주택 및 열병합발전소 계획은 시민들의 의견을 충분히 수렴하고 원만히 진행하겠다고 하였다.

송정초등학교 통학버스 증차 운행

마곡 9단지의 초등학생들이 송정초등학교로 통학하려면 8차선 방화대로를 거쳐야 하고 통학로에 차량 운행이 빈번하여 교통사고의 위험이 크다는 문제가 계속 제기되었다. 학생들의 안전한 등하교를 위해서는 통학버스를 증차할 필요성이 있었다.

나는 서울시의회 제296회 임시회 기간 중 서울시교육청을 상대로 한 질의를 통해 강서구 내 초등학교 학군 설정의 문제점을 지적하고, 서울시 및 서울시교육청과의 지속적 협의 과정에서 통학버스의 증차 필요성을 개진하였다.

그 결과로 2021년 3월부터 송정초등학교에 34인승 통학버스 2대를 증차하여 총 3대의 통학버스를 운영하게 되었으며, 운행 횟수도 기존 3회에서 27회로 증가하였다.

학교 급식실의 그리스 트랩 부정 사용 지도감독

대다수 학교가 학교 급식실 내 집수정인 그리스 트랩을 이용하여 기름을 걷어내지 않고 P트랩을 제거하여 기름을 그대로 흘려보내고 있으며, 이로 인해 하수도의 악취가 조리실로 유입되고 외부 벌레 침입으로 위생 상태도 불량해졌다.

이에 따라 서울시의회 제301회 정례회 교육위원회 제2차 회의에서 학교 급식실 그리스 트랩 부정 사용 및 관리 소홀에 대해 지적하였고, 서울특별시교육청 학교보건진흥원장은 정기적으로 위생 관리감독을 철저하게 점검하겠다고 하였다. 그 결과 서울시 교육 현장의 학교 급식실 환경 개선에 대한 관계당국의 관심을 유도하게 되었다.

특수학교 학사 운영 및 코로나19 방역 상황 점검

2021년 8월 교육부는 코로나19에 따른 사회적 거리두기 4단계 상황 속에서 전면등교 추진을 발표하였다. 강서구 관내에는 특수학교인 서진학교가 있어 일반 학교와 달리 방역과 감염병 예방에 특별한 관심이 요구되었다. 그래서 서진학교의 학사 운영 및 코로나19 방역 상황 실태를 점검하기 위한 현장 방문을 추진하였다.

발달장애 특수학교인 서진학교를 방문하여 2학기에 장애 학생들의 안전한 전면 등교가 이루어질 수 있도록 학사 운영 준비가 잘 되어 있는지, 방역수칙을 잘 준수하고 있는지, 급식 방역 관리는 잘 이루어지고 있는지 점검하고 관계자 간담회를 개최하였다. 또한 장애 학생 교육 지원에 관한 의견을 수렴하고, 전면 등교 속 코로나19 방역 대응을 철저히 할 것을 당부하였다.

양천향교역 보행환경 개선 간담회

양천향교역은 2009년 개통 이래 2019년까지 꾸준히 이용 인구가 증가하였으며, 마곡지구 개발이 가속화됨에 따라 지역 주민뿐만 아니라 유동인구 유입 증대가 예상된다는 점에서 보행환경 개선 필요성이 대두되었다. 이에 따라 2021년 9월 서울시 및 서울시메트로9호선(주)과 양천향교역 보행환경 개선 간담회를 개최하였다.

간담회 결과 서울시메트로9호선(주)은 보행환경 개선을 위하여 양천향교역 4, 5번 출입구 연장 및 추가 설치를 검토하겠다는 답변을 하였다. 또한 서울시와 서울시메트로9호선(주)은 지하철 9호선 양천향교역과 CJ 가양부지를 연결하는 지하연결통로 설치를 검토하고 추진하겠다고 하였다.

서남물재생센터와 열병합발전소 관련 주민 참여 요청

강서구에 있는 서남물재생센터는 서울시 8개 구의 오폐수를 처리하는 시설로, 악취 등 환경 피해를 줄이기 위해서는 시설물을 지하화하는 현대화 사업이 반드시 완공되어야 한다. 또한 서울에너지공사가 강서 지역에 추진하는 집단에너지사업(열병합발전소)도 주민들의 반대에 직면해 있었다.

나는 서울에너지공사 사장 후보자 인사청문회 특별위원회에 참여하여, 김중식 사장 후보자에게 앞으로 취임하게 되면 열병합발전소 건설에 앞서 지역 주민의 의견을 적극 수렴할 것을 주문하였고, 환경영향평가에 지역 주민들이 요청하는 전문가의 참여를 보장할 것을 요구하였다.

또한 서울시의회 제287회 정례회 시정질문에서 서남물재생센터 사업 진행 관련 주민 의견 수렴 부재의 문제점을 지적하고, 현대화 사업이 지연되지 않고 조기에 완공될 수 있게 할 것을 박원순 시장에게 주문하였다. 그리고 서남물재생센터 파크골프장 보존 대책 간담회에 참석하여 지역 주민들의 의견을 청취하여 서울시에 전달하였다.

마곡지구 지식산업센터 편법 사용 방지

현재 마곡지식산업센터는 입주 대상 외의 업종인 기업들이 임차를 요구하고 있다. 만일 무분별한 편법 사용을 허용한다면, 입주 기업들의 활발한 연구개발 활동을 통한 첨단기술 융합과 국제적 경쟁력을 갖춘 클러스터 조성이라는 목표가 사실상 와해될 우려가 있다.

나는 서울시 경제정책실 전략산업기반과 마곡단지관리팀장 및 마곡단지지원팀장과 간담회를 진행하여 편법 사용 방지를 위해 노력할 것을 주문하였고, 지역경제 활성화와 기존 상가 입주자들의 피해를 최소화하기 위해 마곡지구의 조속한 개발을 추진할 것을 촉구하였다.

청청플라자 포럼 참석

서울시와 강서구는 공진중학교 폐교부지에 2024년까지 약 200억 원의 예산을 투입하여 청년 · 청소년의 자기계발과 진로교육 및 환경교육을 위한 공간을 만든다는 계획 아래 가칭 청청플라자를 조성하는 사업을 진행하고 있으며, 이는 폐교 활용의 대표적 모범 사례로 꼽힌다.

청청플라자 건설을 위한 포럼에 참석하여 청년활동가들과 청청플라자를 어떻게 효율적으로 운영할 것인가와 서울시와 강서구에서 어떤 도움을 줄 수 있는지 논의하고 서울시에 건의하였다.

8장 주민의 삶의 질 향상을 위한 활동

방화SH9단지 경로당 간담회

강서구 방화3동에 위치한 방화SH9단지아파트 경로당의 이용자가 60명 이상임에도 불구하고 공간이 협소하며 시설이 노후화되었고, 할머니 · 할아버지 방이 제대로 구획되지 않아 이용에 불편이 많다는 불편사항을 접수하였다. 불편사항을 접수한 후, 경로당을 직접 찾아 어르신 및 관계자 총 15명과 간담회를 개최하고 어르신들의 불편사항을 청취하여, 당일로 SH공사 관계자들과의 간담회를 주최하여 방화SH9단지아파트 경로당 이용 불편사항을 전달하고 개선을 주문했다.

이에 SH공사는 경로당을 확장하고 할머니 · 할아버지 방 구획 구분 등 조속히 환경개선 공사를 개선할 것을 약속하였다.

노원 열린육아방 시찰과 강서구 민간어린이집연합회 간담회

서울시 시범사업으로 운영 중인 노원구 열린육아방을 현장 방문하고 운영 상태를 점검하였다. 그 결과 서울시 열린육아방 정책을 확대 추진할 필요성을 확인하고 서울시에 적극 건의하였다.

또한 2019년 3월에는 강서목민관학교에서 '강서구 민간어린이집연합회'와 간담회를 갖고 강서구 민간어린이집의 애로사항에 대해 청취하고 함께 소통하는 시간을 가졌다. 간담회 참석자들은 '맞춤형 보육제 폐지', '보육료 구간결제 폐지', '보조교사 시간 연장 지원' 등 민간어린이집 운영의 애로사항과 개선해야 할 부분에 대해 다양한 의견을 제시하였으며, 관련 사항을 서울시와 서울시 교육청에 전달하였다.

서울시 폐교재산 활용 지원방안 마련을 위한 토론회

2019년 9월에는 서울시 소재 폐교 부지 등을 주민 친화적이고 공익적인 목적으로 활용할 수 있도록 행정적 · 재정적 지원방안을 모색하는 토론회가 열렸다. 이 자리에서는 내가 대표발의한 '서울특별시 교육청 폐교재산 활용 지원에 관한 조례안'에 대한 설명과 논의를 진행하였다.

저출산 및 신도시 개발, 도시재개발 등에 따른 학생 수 변동으로 폐교가 발생하고 있으며, 통계청 인구 추계에 따르면 서울시에서는 2030년까지 매년 30개교 이상이 폐교될 것으로 예상된다.

폐교재산 활용을 위한 토론회(출처: 서울특별시의회)

따라서 도시재생과 지속가능성을 고려하여 폐교재산을 활용하는 것이 매우 중요하다. 나는 토론회를 통해 '지역 주민 중심의 폐교 활용 협의체 구성', '도시계획 및 건축가 등의 전문위원회 구성', '저출산 및 제4차 산업혁명에 따른 전략적 특화기능', '사업공모제 시행을 통한 민간의 창의적 아이디어 도입' 등을 제안하였다.

가양4단지 입주민 관리비 과다 부과 피해 최소화 촉구

가양4단지 아파트 관리비 과다 부과 관련 소송은, 주택관리업체가 청소와 경비 용역을 재위탁할 때 자기계약으로 직영 관리하고 있음에도 불구하고 법률상의 근거 없이 임차인들에게 일반관리비를 부과 징수한 것에서 비롯되었다. 임대사업자 위치에 있는 SH공사는 소송을 통해 주택관리업체에 대해 부당이득금 반환을 청구하였다. 2019년 1심에서는 SH공사가 승소했으나 2심에서는 패소했으며, 2020년 9월 상고 기각으로 소송이 종료되었다.

서울시 감사에서 이미 가양4단지 아파트의 관리비 부과는 부당하니 1억 4200만 원을 반환해야 한다는 보고서가 제출되었음에도 소송에서 패소한 것이다. 이에 나는 서울시의회 제295회 정례회 제2차 본회의 시정질문에서 당시 김세용 SH공사 사장을 상대로 가양4단지 아파트 관리 부실과 관리비 과다 부과 문제에 관해 질의하였고, 관리비 부과 과정에서 소송으로 인한 입주민의 피해를 최소화할 것을 촉구하였다. 또한 주거 취약 계층은 불합리하고 불공정한 문제들을 감내할 수밖에 없으므로 SH공사가 책임감을 가지고 입주민 의견 수렴에 최선을 다할 것을 당부하였다.

학교 급식실 환기시설 개선 활동

2018년에 수원의 중학교 급식실 조리종사자가 폐암 3기 판정을 받고 사망한 사건이 발생하였다. 해당 노동자는 근로복지공단으로부터 업무상 질병으로 인정받아 산재 판정을 받았다. 이를 계기로 고장과 노후화에 따른 급식실 환기시설의 성능 저하로 조리종사자들이 조리과정에서 발생하는 유해물질에 노출되어 직업성

암 발생 가능성이 높다는 사실이 알려지게 되었다.

나는 서울시교육청에 학교 급식실 환기시설 관련 기준 및 규정을 점검할 것을 요구하였고, 환기시설 개선 방안을 마련할 것을 촉구하였으며. 조치 후 관련 내용을 의원 요구자료로 제출해줄 것을 요청하였다.

4부

나의 꿈,
강서구를 위한 비전

1장 강서구를 위한 꿈

원혜영 전 부천시장의 혁신

내가 존경하는 정치인 중에 부천시장을 두 번 역임하고 5선 국회의원을 한 원혜영 의원이 있다. 경기도 부천에서 태어나 경복고를 졸업한 후 서울대 사범대 역사교육과에 입학하여 서울대 교양과정부 학생회장으로 활동하다 긴급조치 위반으로 강제 징집되었고, 이후 반독재 민주화운동으로 두 차례 복역, 세 차례 제적되어 25년 만에 대학교를 졸업했다고 한다.

그의 아버지 원경선은 자연주의 유기농 농업을 주장하며 공동체 농장인 '풀무원농장'을 만들었다. 원혜영 의원은 출소 후 생계유지를 위해 1981년 '풀무원농장 무공해 농산물 직판장'을 개설했다. 이것이 풀무원식품을 거쳐 현재의 풀무원으로 이어지고 있다.

그는 몇 년간 회사를 경영하다가 친구에게 조건 없이 넘겨주었다.

정치인으로서 그는 집권 여당의 정책위의장과 사무총장, 원내대표 등 주요 요직을 두루 거쳤으며, 가장 신사적인 의원에게 수여하는 '백봉신사상'을 수상하기도 했다. 여러 분야의 전문가와 정치인, 연구자의 열린 정책네트워크인 '생활정치연구소'를 설립해 생활정치 전도사로 활동하기도 했다. 그는 생활정치를 강조하면서 '좋은 게 좋은 것이 아니고 옳은 게 좋은 것'이라는 아버지의 신념을 물려받았다고 했는데, 나에겐 매우 인상적인 말이었다.

원혜영 의원은 자신의 국회의원 선거를 앞두고도 선거 때마다 강서을에 와서 진성준 의원의 당선을 위해 찬조연설을 했고, 나는 그런 인품에 이끌려 그를 본받고자 했다. 생활정치를 내세우는 무공해 정치인으로서의 면모도 그러하지만, 내가 특히 그에게서 배우고 싶었던 것은 1998년부터 6년간 민선 2, 3대 부천시장을 역임하며 쌓은 예술문화 행정가로서의 노력이다.

부천은 우리 강서구보다 인구가 조금 많고 면적도 약간 큰 서울의 위성도시이다. 그러한 부천이 우리나라의 대표적 문화예술도시로 거듭나게 된 것이 바로 원혜영 시장 시절이다. 그는 '부천필하모니오케스트라'를 '서울시립교향악단'이나 'KBS 교향악단'에 버금가는 국내 정상의 오케스트라로 만들었고, '부천국제판타스틱영화제', '부천국제애니메이션페스티벌', '부천국제만화축제'를 통해 부천을 국제적인 예술도시로 탈바꿈시켰다.

또한 유명한 단체나 국제 행사에만 중점을 둔 게 아니라, 시민들이 생활 속에서 문화예술을 향유할 수 있도록 부천문화재단과 부천문화예술단을 만들었다. 복사골예술제를 강화하여 시민문화축제를 만들고, '예술교육특화지구'를 만들어 시민들에게 다가가는 문화예술 교육을 진행하였다.

예술문화도시 강서를 꿈꾸다

경제가 발달하면 다음으로 발전하는 것이 문화이다. 내 세대는 소위 '먹고사니즘'이 가장 중요했다. 통일벼를 심고 새마을운동을 하는 어린 시절을 보내고, 학교를 졸업한 후에는 취업을 해서 가족을 부양하고, 자식들 배곯지 않고 대학에 갈 때까지 잘 키우는 것이 삶의 목표였다. 그렇기에 문화예술은 배부른 사람이 부리는 사치라는 생각이 강했다. 그러나 지금은 과거와 같은 단순한 농경사회가 아니라 인공지능(AI), 사물인터넷(IoT), 자율주행차, 가상현실(VR) 등이 주도하는 4차산업혁명 시대이다. 융합과 초연결이 강조되는 다원화된 시대이기도 하다.

나는 문화예술 활동을 통해 사회적 갈등과 괴리를 치유할 수 있다고 믿는다. 생업에 몰두해 지친 사람들이 문화예술을 통해 마음의 위안과 휴식을 얻고, 일과 삶의 균형을 유지할 수 있다고 생각한다. 많은 사람들이 경제적으로는 윤택하나 삶이 불행하다고 느끼는 오늘날의 현실에서는 더욱 그러하다. 그렇기에 문화예술

강서구의 대표 문화축제 중 하나인 '허준 축제'(출처: 강서구청)

은 전쟁이나 코로나 같은 어떤 위기의 상황에서도 심장이 뛰듯 살아 있어야 한다. 요즘 같은 위기의 시대에 사회불안과 우울증, 외로움과 사회적 고립감, 사회통합 문제 등의 해결사 노릇을 할 수 있는 것도 문화예술일 것이다.

그동안 강서는 서울의 변두리라는 인식이 강했고, 문화예술에서도 중심이 아니라 주변이었다. 제대로 된 오케스트라 공연을 하나 보려면 종로에 있는 세종문화회관이나 서초구의 예술의 전당, 혹은 저 멀리 송파에 있는 롯데콘서트홀까지 가야 했고, 비용과 시간 면에서 서민들이 쉽게 다가갈 수 없었다.

사실 원혜영 시장이 부천을 문화예술도시로 만들기 전까지 부천도 서울의 변두리 도시였다. 서울의 높은 부동산 가격과 교육비 등을 감당하기 어려워 외곽으로 향하다 보니 부천으로 옮겨간 사람들이 많았다. 그런데 원혜영 시장은 어려운 시 살림 가운데서도 오케스트라에 투자하고 꾸준히 문화예술을 지원하여, 시민들이 일상 속에서 문화예술을 향유할 수 있는 도시를 만들어낸 것이다. 부천이 하는데 강서구가 못할 이유가 무엇인가? 지자체장의 강한 의지가 있다면 충분히 이룰 수 있다.

오케스트라와 오페라단, 대형 공연장 설치

나는 강서구민이라면 분기마다 한 번씩은 오케스트라나 오페라 공연을 감상하는 문화예술 구민이 될 수 있으면 좋겠다는 바람을 품고 있다. 외국에 출장을 가보면 인구가 5~10만 명밖에 되지 않는 소도시들도 전용 오케스트라를 보유하고 있고, 시민들이 일상에서 클래식 연주와 오페라를 즐기며 문화생활을 영위하는 모습을 쉽게 볼 수 있다. 참으로 부러운 일이다.

우리 강서구에도 구립 오케스트라를 만들어야 한다. 짧은 시간 내에 부천필하모닉오케스트라처럼 전통 있는 오케스트라를 만들 순 없겠지만, 광명심포니오케스트라처럼 정기 공연도 하고 찾아가는 연주회나 작은 연주회를 자주 개최하여 주민들에게 다가갈 수 있는 생활형 오케스트라를 만들 필요가 있다. 더불어 현재의 구립극단을 오페라 공연을 할 수 있는 규모의 구립예술단으로 확대 개편해야 한다.

이와 병행하여 오케스트라와 오페라단을 효율적으로 운영할 수 있는 법인체를 만들고, 필요시에는 민간 중심으로 운영하고 경비를 지원하는 방식도 검토해야 한다. 우리 주변에는 예술을 전공한 실력 있는 인재들이 일자리가 없어 활동에 전념하지 못하고 생활고로 힘들어하는 경우가 많다. 지방자치단체에서 이들에게 일자리를 제공함과 동시에 시민들의 문화생활도 돕는 역할을 할 수 있다고 생각한다.

공연장 문제도 심각하다. 부천에는 부천시민회관에 오케스트라와 오페라 공연을 할 수 있는 1040석짜리 대공연장이 있음에도, 별도로 1500석 규모의 클래식 전용 공연장인 부천예술회관을 건설하고 있다. 하지만 강서구에는 클래식 공연을 하기에는 부끄러운 600석짜리 다목적 홀인 강서구민회관(우장홀)이 있을 뿐이다. 2022년 10월 마곡에 개관 예정인 LG아트센터의 그랜드시어터홀(1335석)이 클래식 공연을 할 수 있다지만, 민간 시설이기에 지자체 전용 홀과는 차이가 날 수밖에 없다. 이처럼 적절한 공연장이 없는 것도 강서구 주민들이 문화예술을 즐기는 데 큰 걸림돌이다.

문화재단과 지역 문화센터 설립

주민들의 문화예술 생활을 위해 강서구의 주요 거점에 문화센터를 설치하고, 구립도서관이나 작은도서관을 활용하여 주민 문

마곡지구 LG아트센터 조감도(출처: 서울특별시)

화교실과 동아리 활동을 지원할 수 있다. 강서구에는 한 개의 서울시 관할 도서관과 8개의 구립도서관이 있다. 그러나 대부분 어린이나 유아를 위한 도서관이며, 문화강좌나 문화프로그램을 제공하는 곳은 등빛도서관과 우장산도서관, 길꽃어린이도서관 등으로 제한적이다. 이런 문화프로그램도 주민들이 만족할 만큼 다양하지 못하다. 게다가 노인들을 위한 실버프로그램을 운영하는 도서관은 한 곳도 없다.

현재 우리나라의 인구 구조상, 베이비부머 세대가 은퇴하면 이들을 수용할 수 있는 은퇴 후 일터나 문화생활을 영위할 수 있는 공간이 턱없이 부족하다. 물론 지역 내 문화센터가 은퇴한 베이비부머 세대만을 위한 장소가 되어서는 안 되지만, 이들을 위한 다양한 문화프로그램과 실버프로그램이 반드시 있어야 한다.

문화프로그램도 다양해져야 한다. 취미활동과 글짓기뿐만 아니라 수준 높은 음악이나 미술, 역사, 환경, 교양 등으로 분야를 넓히고 고급화해야 한다. 도서관은 단순히 책을 읽고 독서 토론을 하는 공간이 아니라 복합문화센터 역할을 해야 한다. 현대 문명사회에 지친 사람들에게 휴식과 더불어 삶과 일의 균형을 제공하는 역할을 해야 한다.

이러한 복합문화센터의 문화활동을 조직하고 관리할 수 있는 곳이 문화재단이다. 문화재단에서 강서구의 여러 곳에 산재한 문화센터나 도서관, 구민회관이나 구립 연주홀 등을 관리하고 문화프로그램들을 체계적으로 조직화하면 된다. 또한 지역 내의 생활박물관이나 미술관 등을 발굴하여 강서구민이 함께 향유하게끔 할 수 있다.

연구시설 중심의 마곡도시 개발

마곡신도시를 처음 개발할 때 입주 조건은 연구시설이나 교육시설 중심의 개발이었다. 그래서 대기업이나 중견기업 중심의 산업단지가 조성되고 그 주위에 상업용지와 공공용지가 조성되었다. 중소기업은 종업원이 300명 이하이고 연구소 인력이 적어 마곡지구에 입주할 수가 없었다. 현재 마곡지구에는 183개의 대기업이나 중견기업의 연구시설들이 입주해 있다.

마곡산업단지 전경(출처: 강서구청)

산업단지를 조성할 때 대기업이나 중견기업 중심의 개발이 좋은지 아니면 중소기업 중심의 개발이 좋은지는 각각 장단점이 있기에 일률적으로 말하기 어렵다. 대기업이 입주하면 비교적 경기에 민감하지 않으며, 안정적이다. 그러나 중소기업의 입주에 비해 단위 면적당 고용 인구가 적고 지역경제 활성화에 별로 도움이 되지 않는다. 대기업이나 중견기업은 자체 식당을 운영하며 직원들도 자체 출퇴근 버스를 이용하기 때문에 지역사회에서의 소비도 적은 편이다. 그래서 대기업이나 중견기업은 중소기업보다 지역사회에 유동인구를 많이 창출하지 못하는 경향이 있다.

또한 대기업 종사자들은 전체 일의 프로세스 중 정해진 루틴만 수행하게 되어 정적이고, 창의적인 일을 하는 데 제약이 있다는 연구보고서도 있다. 일반적으로 대기업 종사자들은 중소기업이나 벤처기업에 비해 회식도 적고 술도 많이 마시지 않는다고 한다. 그래서 지역경제 활성화 측면에서 볼 때 단위 면적당 근무 인력이 많고 유동인구가 많으며 소비 성향이 높은 중소벤처기업의 유치가 중요하다.

활기찬 강서를 위한 ICT 기업 유치

구로디지털단지에는 8천여 개의 ICT(정보통신기술) 관련 회사가 입주해 있다고 한다. 거리마다 청년들이 넘쳐나고 다른 지역보다 주변 상가의 경기도 활발하며 거리 자체가 생동감 있다. 게임이나 소프트웨어 업체들이 많이 입주해 있기에 청년들이 꿈을 펼칠 기회가 많다. ICT 분야는 다른 산업보다 창업의 기회가 많고 청년들의 일자리가 많은 업종이기도 하다. 청년들이 많이 모여야 지역경제가 활성화된다. 그런 측면에서 대기업이나 중견기업보다 이러한 ICT 회사들이 지역경제에 많이 공헌할 수 있다. 젊은이가 넘치고 지역경제가 활발한 강서구를 만들기 위해서는 벤처창업회사, ICT 회사들을 유치할 필요가 있다.

서울시에서는 강서구 마곡산업단지 내에 '서울창업허브 M+'를 개관했다. 서울창업허브 M+는 마곡역 인근에 연면적 2만 1,600㎡, 지하 4층 지상 8층의 규모로 75개 업체가 입주할 수 있는 공간이라고 한다. 서울시는 서울창업허브 M+를 통해서 마곡산업단지 일대에 밀집한 대기업 및 중견기업들과 스타트업이 협업하며 기술을 고도화하고 상생 발전할 수 있다는 점을 강점으로 내세우고 있다. 대기업과 중견기업 위주의 마곡산업단지에 조금이나마 젊은 활력을 불어넣을 수 있는 시설이 될 것이다.

나는 마곡산업단지에 분양을 받고도 입주를 미루고 있는 대기업과 중견기업의 산업용지와 분양이 완료되지 않은 토지에 대하여 분양을 취소하고 중소벤처기업이 입주할 수 있는 산업용지로 재분양해야 한다고 생각한다. 국가경제 측면에서도 성장이 더딘 대기업과 중견기업보다는 좀 더 창의적이고 활기찬 젊은 중소벤처기업들을 육성할 필요가 있으며, 그런 기업들이 한국경제에 더 많이 공헌할 수 있다고 생각한다. 우리나라도 산업구조가 고도화되고 있다. 제조업으로 성장하던 시대는 지났으며, 4차산업혁명 기업이나 플랫폼 기업들이 기존 제조업 중심의 일자리를 대신하고 있다. 일자리와 지역경제 활성화 면에서도 ICT 분야 벤처기업을 육성하는 것이 도움이 되며, 플랫폼 기업이나 혁신 기업을 원하는 세계적 추세에 발맞춰 나가는 일이기도 하다.

신청사 이전 후 구청사를 예술벙커와 벤처창업단지로

현재 강서구는 통합신청사를 마곡역 앞에 부지 면적 6,127평에 연건평 15,776평으로 2026년 완공을 목표로 착공 준비 중이다.

통합신청사가 완공되면 모든 기관이 이전한 후 기존 본청과 의회, 보건소, 가양동 별관과 화곡동 별관을 어떻게 활용할 것인가 하는 문제가 발생한다. 나는 구청사들을 문화예술인들이 공연하고 활동하는 벙커로, 그리고 벤처창업기업을 육성하기 위한 창업공간으로 활용할 것을 강력히 주장한다.

많은 지방자치단체들이 문화예술인을 위한 공간을 제공하고 있으나, 우리 강서구에는 강서문화원 외에 문화예술인을 지원하기 위한 시설이 없다. 최근에는 미술품을 만들어 전시도 하고 음악 연습과 소규모 공연도 할 수 있는 시설들을 예술벙커라는 이름으로 몇 개의 지자체에서 제공하고 있다.

강서구 통합신청사 건립부지(출처: 강서구청)

'벙커(bunker)'라는 단어는 본래 인원과 물자를 안전하게 보호하기 위한 방공호를 의미했고, 제2차 세계대전 당시 독일이 견고하게 만든 콘크리트 잠수함 기지를 뜻하기도 했다. 그러나 어느 시점부터 국내외를 불문하고 콘크리트 방어진지를 일컫는 말이 되었고, 게임에서도 폭넓게 사용하게 되었다. 지금은 예술인들이 거주하며 예술활동을 하는 곳을 일컫기도 한다.

마곡산업단지 개발과 더불어 강서구 현황에서 가장 아쉽고 절실한 것이 중소벤처기업을 지원하기 위한 시설과 문화예술인들을 위한 시설이라고 생각한다. 강서구 통합신청사가 완공되어 모든 기관이 통합신청사로 이전하게 되면, 구청사 건물들(본청과 의회, 보건소, 가양동별관과 화곡동별관)을 벤처창업단지와 문화예술인을 위한 예술벙커로 활용할 것을 제안한다.

기후변화와 탄소중립 전략, 탄소국경세

강서구는 서남물재생센터와 방화동 건설폐기물 처리장 이전 문제, 마곡도시계획과 관련한 서남집단에너지(열병합발전소) 건설 문제로 몸살을 앓게 되었다. 가능하면 이 세 가지 시설이 강서에 건설되지 않으면 좋겠지만, 이전부터 있어왔거나 타 지역으로 이전이 불가능한 시설이라면 내부 논의를 거쳐 현명하게 타협점을 찾아야 한다고 생각한다. 아울러 주민의 피해가 발생한다면 그 피해를 최소화할 수 있는 방안을 강구해야 한다. 물론 주민 피해

서남집단에너지 조감도(출처: 서울에너지공사)

가 발생하면 충분한 보상을 받을 수 있도록 해야 한다.

또한 국제적인 기후변화와 탄소중립 전략에 대응해야 하는 문제도 있다. 기후변화에 대응하여 전 세계는 국제협약(교토의정서, 파리협약)을 맺었으며, 각국은 2050년까지의 탄소중립 전략을 제출한 바 있다. 우리 정부도 2050년까지 신재생에너지만으로 모든 에너지 수요를 대체하고 이산화탄소를 사용하는 모든 연료 및 전기를 제로화하겠다는 '2050 탄소중립 전략'을 세우고 2020년 12월에 파리협약 COP에 제출한 바 있다. 이에 따라 우리나라 모든 기업은 탄소중립 전략에 따른 준비를 해야 한다.

탄소세는 이산화탄소 저감 대책의 하나로 선진국을 중심으로 논의되다가 지금은 중국을 비롯한 개발도상국들도 도입을 선언하였고, 선진국에는 일부 도입되어 현재 시행되고 있으며 머지않아 모든 국가에 전면적으로 도입될 예정이어서 우리나라도 시급히 준비해야 한다.

탄소세는 화석연료를 사용하는 경우 연료에 함유되어 있는 탄소 함유량에 비례하여 세금을 부과하는 제도이다. 즉, 탄소세란 일종의 종량세로서 탄소 배출량에 따라 세금을 부과함으로써 에너지 사용에 따라 불가피하게 초래되는 이산화탄소의 배출을 억제하는 데 목적이 있는 목적세라 할 수 있다.

한편 탄소국경세는 탄소세를 부과하지 않는 국가의 기업이 석탄이나 석유를 제한 없이 사용하여 생산한 상품이 탄소세를 충분히 내는 선진국 기업의 상품과 경쟁할 때, 선진국 기업이 상대적으로 경쟁력이 떨어지는 것을 방지하기 위해 탄소세가 없거나 적은 국가의 수출 기업에 부과하는 세금이다. 현재 EU를 비롯한 선진국에서는 탄소세를 부과하지 않는 국가의 기업이 수출할 경우 높은 탄소국경세를 부과하려는 움직임을 보이고 있다.

우리나라가 지금처럼 높은 국가경쟁력을 유지하려면 국내에 탄소세를 빨리 도입하여 선진국의 탄소국경세에 대비해야 한다. 강서구에 건립하는 서남집단에너지 건설도 이런 탄소중립 전략에 따라 이산화탄소 배출을 저감할 수 있는 시설로 기업 입장에서는 탄소세를 절감할 수 있는 시설이며, 서남물재생센터도 좀 더 탄소 배출을 억제하는 방향으로 건설되어야 한다.

스마트시티와 에너지자립도시 강서

우리나라는 10명 중 9명이 도시에 살고 있으며 2050년까지 전 세계 인구 70%가 도시에 거주할 것으로 예상된다. 또한 미래도시는 많은 인구를 유지하면서도 기후변화에 적극적으로 대응하고 에너지 효율성을 높여 기존의 도시 문제들을 개선해야 한다. 즉 기존의 도시가 에너지 소비형에서 에너지 전략형으로 나아가야 국제적인 탄소중립 전략에 대응할 수 있다.

국제적으로 탄소중립을 먼저 실현한 외국 사례를 보면, 덴마크의 수도 코펜하겐은 2025년에 재생에너지로 기존 화석연료를 모두 대체하는 RE100을 실현한다고 한다. 해외의 스마트 선도 도시들은 앞선 IT 기술을 가지고 도시의 물류와 에너지 흐름을 분석해 관리하고 있으며, 에너지 자립 예측이 가능하도록 하고 있다. 따라서 에너지 자립을 위해 제로에너지 건물을 지어야 하며, 에너지 자립의 성공은 에너지 순환이 어떻게 흘러가는지 분석하는 것부터 시작해야 하므로 이를 스마트그리드를 통해 구현하고 양방향의 에너지 흐름을 분석하여 실행해야 한다.

강서구에서도 이런 스마트시티를 추진 중이다. 강서구가 탄소중립 에너지자립도시로 성공하려면 에너지 순환 분석이 가능한

스마트그리드 구축이 필수적이며, AI 기술을 이용한 에너지 수요 및 공급 예측, 그리고 분산에너지 시스템의 구축과 양방향으로 전력의 수요와 공급을 통제할 수 있는 그리드 기술의 구현이 필요하다. 앞으로 새로 진행되는 강서구의 개발사업들은 스마트그리드나 스마트시티를 도입한 에너지 자족도시를 목표로 해야 한다.

디자인도시 강서

나는 30여 년간 건축설계사무소를 운영하며, 강서를 디자인도시로 만들고 싶었다. 하지만 내가 직접 도시를 설계하는 것이 아니어서 강서를 설계하는 일에 기여하지 못했다. 대단위 지구계획이나 도시계획은 강서구뿐만 아니라 서울시에서 관여하는 일이기도 하다. 그러나 건축을 전공한 입장에서 강서를 디자인도시로 만들고 싶은 꿈을 가지고 있다.

일반적으로 도시디자인이라고 하면 도시를 구성하는 여러 형태의 시설물들의 디자인을 조율하고 개선하여 도시경관을 보전하고 개선하는 것을 말한다. 도시의 공간과 형태 · 조화 · 색채 · 조명 등 도시의 디자인에 대한 계획 및 사업을 수행하는 것으로, 디자인과 공간을 분리하지 않고 공간 자체로 도시와 밀접한 상호성을 갖게 하여야 한다.

현대 사회가 이념과 경제보다 인간과 문화 중심의 사회로 변하면서 도시 공간이 문화생활의 중심이 됨에 따라, 도시디자인의 중요성도 커지게 되었다. 아름답고 쾌적한 도시환경을 조성하여 인간의 생활양식을 변화시키고, 사람과 사람의 관계를 향상시킬 수 있다는 것이 도시디자인의 의의이다.

나는 오랜 기간의 건축설계사무소 운영 경험과 선진국 견학을 통해 그동안 축적해온 도시디자인을 도시의 공간과 형태 · 조화 · 색채 · 조명 등과 조화를 이루는 문화 형성의 기초로 설계할 수 있는 능력과 자신감을 갖추고 있다.

김포공항과 물류 거점도시

우리 강서구는 김포공항으로 인해 강력한 고도제한 규제와 소음 피해를 받아왔다. 또한 인천국제공항 개항 이후에는 공항의 기능마저 축소되어 일자리도 감소하고 지역적으로 낙후되기도 하였다. 그러나 일본이나 선진국을 보더라도, 도시공항의 중요성은 날로 증대하고 있다. 김포공항은 단순한 도시공항이 아닌 우리나라의 거점공항으로 발전시켜야 한다.

김포공항을 미래교통과 항공 · 첨단물류산업의 중심으로 개발하고, 인근 지역에 부족한 생활 SOC, 문화 · 체육시설, 보행시설 등을 확충하여, 김포공항을 중심으로 우리 강서구를 국제적 경제 관문도시로 발돋움시켜야 한다. 새로운 김포공항은 마곡 연구개발단지와 시너지를 이루고, 인근 지역인 김포-일산-마포의 첨단 산업단지와 연계되어 서울 서부권의 거대한 경제거점으로 도약할

강서구 항공사진(출처: 서울주택도시공사)

수 있어야 할 것이다.

이를 통해 강서구에 새로운 일자리가 창출되고 지역경제가 살아나며, 그에 따른 편익이 지역 주민에게 고스란히 돌아오는 선순환 도시재생 혁신사업으로 김포공항 주변이 재개발되어야 한다.

공무원 조직의 변화

강서구는 1,700여 명의 공무원이 일하는 지방정부이다. 나는 사업을 시작한 1990년대부터 공무원들과 함께 일하며, 고마운 점과 아쉬운 점을 다양하게 경험하였다. 일반적으로 공무원 조직은

변화를 싫어한다. 새로운 일을 찾아 시도하려면 기존의 규정이나 지침에 위반되지는 않는지, 감사에 걸릴 가능성은 없는지, 민원 발생의 우려는 없는지 등을 따져야 하고, 좋은 의도로 시작했더라도 그 결과가 좋지 않으면 문책이나 비난을 받는 경우가 비일비재하기 때문이다. 그래서 새로운 일을 하는 데는 항상 리스크가 있어서 잘해봐야 본전이라는 의식이 팽배해 있다.

그런 이유로 공무원들은 민간기업과는 다르게 리더십, 권한 부여, 신뢰, 의사소통, 변화 수용과 같은 조직관리에 철저하지 못하다. 또한 직무 만족도나 조직 몰입도가 약하여, 조직에 대한 충성이나 일에 대한 긍정적인 태도와 인식도 부족한 편이다. 지방자치시대가 오면서 민원인을 대하는 태도가 달라졌다고는 하나, 일에 대한 적극성이 부족하고 개혁이나 혁신을 추진하기가 힘이 드는 것이 사실이다.

지난 4년 동안 시의원을 하면서 서울시의 공무원에게 자료 요구나 개선사항을 주문하고 새로운 방향으로 주민들을 위한 일을 발굴하거나 개선해나갈 것을 요구하기도 하였다. 그러나 제한된 임기의 시의원이나 지자체장들이 '늘공'이란 평생직장 개념을 가지고 업무에 임하는 일선 공무원들의 의식과 태도에 진정한 변화를 가져오기란 무척 힘든 일이다.

기회가 된다면, 공무원들의 조직관리를 좀 더 체계적이고 효율적으로 하고 싶다. 지금은 산업구조와 정치 지형도 전환의 시기이며, 이에 따라 지방정부도 변하고 있다. 지방정부가 세계화, 민주화, 정보화 등의 일반적인 환경 변화와 더불어 최근의 지방행정체제 개편이라는 정책환경의 변화 속에서 새로운 모습으로 탈바꿈하기 위해서는 조직관리에 근본적으로 혁신이 필요하다.

효율적인 조직관리를 통해 공무원들의 성과를 높일 수 있다. 창의적인 아이디어를 적극 수용하고, 기존의 업무 태도나 관습들을 개혁하여 궁극적인 혁신을 일구어내는 집단으로 만들어나가고자 한다.

나는 강서구의 공무원들에게 외치고 싶다. "평범함을 버려라! 그렇게 해야 구민들을 위한 창의적인 제안이 만들어지고, 개혁이 이루어지며, 혁신을 이룰 수 있다"라고.

2장 강서구를 위한 세부 계획

강서구 발전을 위해 지속적으로 해나갈 일

앞 장에서 이야기한 것이 강서구가 나가야 할 '메가' 방향이라면, 강서구 발전을 위해 지속적으로 해나갈 세부적인 일들은 다음과 같이 구상하고 있다.

첫째로, 나는 지난 2018년 시의원 출마 시에도 공항 고도제한 완화를 위한 노력을 공약으로 제시한 바 있었다. 강서구는 고도제한 완화를 통한 지역발전의 동력을 확보해나가야 하며, 나는 어느 자리에 있든지 이를 위해 지속적인 노력을 할 계획이다. 현재 강서구 전체의 97.3%가 고도제한 규제를 받고 있으므로 이의 완화를 위해 관련 부처와 협의해 실질적인 해법을 만들어나가려 한다.

둘째로, 서부광역철도(원종~화곡~홍대) 조기 착공을 추진할 것이다. 사업 타당성 및 차량기지 이전 부지 등에 대한 예비 타당성조사를 국토교통부에 의뢰하고 인접 지방정부와 실무협의회 등 공동 협력체계를 구성하여 조기 착공을 이끌어낼 것이다.

셋째로, 미세먼지 없고 주거비 적게 드는 강서를 실현해나갈 것이다. 우리 강서는 방화동 건설폐기물 처리장도 있고 서울에서도 비교적 미세먼지가 심한 곳이다. 탄소제로 에너지전환형 도시재생 프로젝트 시행을 통해 더 맑고 깨끗한 강서를 실현하겠다.

넷째, 화곡중앙골목시장 도시재생사업을 성공적으로 추진할 것이다. 서울시의 도시재생사업 시범사업 대상지로 화곡중앙골목시장이 선정되었으므로 성공적으로 추진될 수 있도록 할 것이다.

다섯째, 주택가 주차 불편 해소를 위한 주차장 확보에 힘쓰겠다. 기존 주택가의 공영주차장을 증개축하고, 국회대로 지하화사업 등을 통해 공영주차장을 확대하고 주차 면수를 늘려나가겠다.

지역 숙원 사업

나는 더 따뜻하고 밝은 강서를 위해 다음과 같은 일들을 이루고 싶은 소망이 있다.

첫째는 강서형 지역화폐 도입이다. 지역화폐가 처음 도입된 시기는 1997년 IMF 외환위기 이후이다. 당시 지역경제 활성화와 실업 구제 등의 목적으로 '미래화폐'를 만들면서 최초의 지역화폐가 등장했다. 2020년까지 지역화폐를 사용하는 지자체 수는 120곳

지역화폐 도입을 통한 지역경제 활성화는 도시재생사업에도 도움이 될 것이다.

이상이며, 131곳의 지자체에서 사용할 계획이 있다고 한다.

현금처럼 사용되는 지역화폐는 해당 지역 안에서만 사용할 수 있기 때문에 지역경제가 활성화됨은 물론 자본의 역외 유출을 막고 지역 관광상품으로 활용하는 등 여러 가지 유용한 점이 많다. 지역화폐의 경제적 효과를 분석해보면, 지역 소비를 진작하여 소상공인을 지원하는 기능을 하고 지역균형발전 등에도 상당한 효과를 거두고 있다.

둘째는 공동육아나눔터 확충이다. 공동육아나눔터는 지역 중심의 양육친화적 사회환경 조성을 통해 핵가족화로 인한 가족돌봄의 기능을 보완하고, 이웃 간의 돌봄 품앗이 연계활동을 지원하는 역할을 한다.

공동육아나눔터는 부모들이 모여 육아 경험과 정보를 공유하며 소통하는 공간이자, 자녀들이 또래와 함께 장난감과 도서를 마음껏 이용할 수 있는 놀이 공간도 된다. 결과적으로 지역사회의 자녀돌봄 사랑방 역할을 하여, 저출산의 원인이 되는 육아 노동 비용을 절감시키고 사회성을 강화하는 공간인 셈이다.

셋째는 마을밥상(마을주방+마을식당)의 개설이다. 마을밥상은 먹거리 정의와 공동체 부엌에서 시작되었다. 사람이 기본적으로 먹고 살아가기 위해서는 음식을 만들 식자재(먹거리)가 중요하다. 대량생산을 위해 농약이나 비료를 많이 쓰거나 친환경적이지 않은 곳에서 생산한 먹거리가 아니라, 친환경적인 유기농 먹거리를 이용해야 한다.

먹거리뿐만 아니라 먹거리 유통체계도 중요하다. 건강한 먹거리를 위해서는 반드시 생산자와 소비자가 직접 만날 수 있는 구조가 필요하다. 건강한 먹거리 유통체계를 만들어 공동체 부엌이 더욱 발전할 수 있도록 해야 한다.

우리 사회는 청년층과 노인층 1인 가구가 증가하고 있고, 문화적 · 사회적 · 정서적 빈곤이 동시다발적으로 일어나는 상황이다. 마을부엌은 음식을 제공하는 것을 넘어 먹거리를 통해 지역 공동체를 활성화함으로써 문화적 · 사회적 · 정서적 차원의 먹거리 빈곤을 보완할 수 있다. 이를 반영하듯 전 세계에서 공동체 부엌, 소셜 다이닝 등으로 불리는 마을주방과 마을식당이 활성화되고 있으며 우리나라에서도 이에 대한 관심이 높아지고 있다.

넷째는 초등학생을 위한 안전한 통학길을 조성하는 것이다. 모든 사회에서는 초등학생뿐만 구성원 전체의 보행권이 보장되어야 한다. 보행권은 인간생활의 기본권으로 누구나 평등하게 보장받아야 하며, 보행자는 쾌적하고 안전하게 도로를 걸을 권리가 있다. 또한 보행로는 어디든 연결되고 누구나 자유롭게 이동할 수 있어야 한다. 아직 교통 약자인 초등학생이라면 보행권의 필요성이 더욱 강력하게 요구된다.

강서구에서는 학교 가는 길 중간에 인도가 없어 사고 위험이 높은 길을 지나야 하거나, 인도가 너무 좁아 친구끼리 손을 잡고 걷기가 힘들다거나 하는 일들이 여전히 일상에서 빈번하게 일어나고 있다. 이런 통행 환경로를 개선해야 하며, 운전자의 주의를 환기시키는 옐로 카펫을 확대 설치하고, 학교 주변 교차로에는 이를 알리는 알리미를 설치해야 한다. 또한 교통안전 가방 덮개를 지원하고, 워킹 스쿨버스 등을 확대하여 아이들의 안전부터 우선적으로 챙겨야 한다.

김포공항 활성화

나에게 제2의 고향인 강서는 지금 제2의 도약기를 맞고 있다. 나는 지난 4년 동안 시의원으로서 못다 이룬 강서를 향한 꿈이 있

김포공항의 어제와 오늘(출처: 국가기록원, 한국공항공사)

다. 그 못다 이룬 꿈을 이루기 위해 물론 어느 곳에 있든지 열심히 힘쓰겠지만, 강서구의 정치인이나 유명인사라면 더욱 노력을 해야 한다고 생각한다.

마곡 첨단연구단지의 완성과 함께 이어지는 김포공항 활성화는 강서구 지역경제 성장의 핵심 열쇠이다. 김포공항을 명실상부한 국제공항으로 되돌려놓아야 한다. 국제노선을 증설하고 지역주민의 일상을 위한 편의시설을 확충하여 김포공항을 주민친화형 국제공항으로 업그레이드하고자 한다.

고도제한 완화를 빠르게 추진하는 한편 인근 지역을 공항 배후

단지 및 관광단지로 개발해나가면 마곡 첨단연구단지와 연결되어 지역경제의 새로운 성장거점으로 자리매김할 수 있을 것이다.

미국의 수도 워싱턴 DC 인근의 레이건 공항은 호텔과 식당, 공항을 활용한 기업 등이 자리 잡으면서 도시 전체가 천지개벽했다. 이제 김포공항을 통해 강서를 그와 같이 새롭게 꾸며갈 수 있도록 노력할 것이다.

과학기술융합 교육시설과 청청플라자

교육, 과학기술 융합대학원대학교와 청청플라자를 강서에 유치해야 한다. 강서의 미래를 위해 가장 필요한 것은 수준 높은 교육기관이다. 강서에서 4차산업혁명을 선도할 창의적인 인재를 길러낼 수 있어야 한다. 산학연 협력연구와 교육의 거점이 될 서울시의 M-융합캠퍼스 계획을 착실하게 추진하고, 이를 과학기술 융합대학원대학교로 확대, 발전시켜 강서의 교육경쟁력을 강화하고자 한다.

또한 2020년 폐교된 공진중학교 부지를 활용하여 청소년과 청년의 자기개발 공간인 '청청플라자' 건립을 추진하여 우리의 후대들이 마음껏 꿈을 키우고 가꿀 수 있도록 하겠다.

계획 중인 청청플라자에는 평생학습관과 도서관 시설을 도입하고 스포츠, 문화예술, 상담재활, 진로체험교육 등의 활동 프로그램을 만들어, 문화가 꽃피는 시민청을 중심으로 강서의 문화에

2024년까지 공진중학교 폐교부지에 조성되는 '청청플라자'는 청소년과 청년들의 자기계발과 진로교육을 위한 공간으로 자리매김할 것이다.

술벨트를 구축할 것이다.

문화예술도시 강서와 문화재단 설립

강서구민의 풍요로운 삶을 위해서 반드시 채워 넣어야 할 것이 있다면 바로 문화예술이다. 우리 강서는 주민이 원하는 수준 높은 문화예술을 향유할 수 있는 공간이 절대적으로 부족하다. 주민들을 위한 교육문화복지 허브가 될 '꽃피는 시민청'을 신속하게 추진하고, 이를 중심으로 LG아트센터-스페이스K서울 미술관-서울식물원-겸재 정선미술관-허준박물관을 연결하여 강서의 문화예술벨트를 구축하겠다.

또한 강서구 문화재단을 만들어 강서구의 여러 곳에 산재해 있는 문화센터나 도서관, 박물관과 문화프로그램들을 조직화하고 관리하며 체계화할 수 있도록 애쓸 것이다. 더불어 지역 내 생활 박물관이나 미술관 등을 발굴해 강서구민이 향유할 수 있도록 하여, 강서구의 문화예술벨트를 구축하고 관리할 계획이다.

서남권 관문도시로 교통체계 개편

서남권의 중심 관문도시로서 강서의 교통체계부터 바꿔나갈 것이다.

현재 마곡지구 개발로 출퇴근길 교통체증이 심각하다. 늘어난 교통량에 맞게 마곡과 서남물재생센터를 가로지르는 새로운 올림픽대로 진입로가 필요하다. 마곡중앙로와 연결되는 올림픽대로 양방향 진입도로를 신설하여 '더 빠른 출퇴근길'을 만들겠다.

완공된 방화대교를 이용해 한강을 건너지 못하는 것은 참 답답한 일이다. 그 때문에 행주대교와 가양대교는 늘 막히기만 한다. 방화터널과 방화대교를 연결해 강북으로 직통하게 하여 '사통팔달도로'를 만들겠다.

그렇게 하기 위하여 교통 분야에서 강북횡단선을 조속 추진해 나가고 있다. 현재 국토교통부에서 철조망 계획을 검토하고 있으며, 염창나루(염경)역 설치를 위한 연구용역을 추진하고 있다.

또한 서부광역철도 정상 추진과 관련하여 차량기지 부지 선정 완료(공항동, 원종동 일대)와 차량기지 부지의 준공업지역 지정을 추진 중이다.

어린이를 위한 계획과 더 많은 소망들

아이들이 행복한 강서를 만들기 위해 수도권 유아교육 중심지구 육성, 단설유치원과 유아교육 체험센터, 봉제산 내 숲속도서관, 태양광장 물놀이장 설치를 비롯한 여러 일들을 이루어내는 것이 나의 꿈이다. 나는 강서구의 어린이들을 위해 다음의 일들을 실현하기를 소망한다.

• 강서구 관내에 초등학생 방과후 다함께돌봄센터를 설치하여, 출산율을 높이고 육아의 어려움도 해소하며, 빈부 격차에 따른 교육 기회 편차를 줄인다.

• 염창동, 화곡6동에 청소년 문화센터를 설치하여 청소년들이 다양한 문화생활을 할 수 있도록 한다.

• 강서구 관내에 주민들의 선호도가 높은 공공 직장어린이집과 국공립 어린이집을 확충하여, 영유아 보육 발전을 위해 노력하겠다. 국가적 과제인 저출산을 해결하기 위해서는 무엇보다 출산 이후 아이를 안심하고 맡길 수 있는 보육환경의 뒷받침이 중요하다. 서울시와 강서구는 앞으로 보육시설 공공성을 높이고 민간보육

서비스를 내실화하여 아이가 행복하고 존중받는 보육도시로 만들어야 한다.

• 초등학교에 행정과 사무를 위임하는 병설유치원보다 10학급 이상의 단설유치원을 설치하여 유치원 교육의 질을 높인다.

• 기존 염창지구대와 화곡6동 주민센터 부지를 활용하여, 유아교육체험센터와 청소년 문화센터로 활용할 수 있도록 한다.

• 초등학생을 위한 다함께돌봄센터를 확충하고, 학교와 노인정 등에 실내공기 정화식물을 식재하여 쾌적한 환경을 만든다.

또한 강서구의 발전과 쾌적한 주민환경을 위하여 다음의 일을 추진하려 한다.

• 현재 강서경찰서 옆에 있는 화곡6동 주민센터를 신축하고, 신축된 주민센터에 주민편의시설을 확충한다.

• 먹자골목의 간판을 정비하고 도로 환경을 깨끗하게 정비하여 먹자골목을 활성화시키고, 걷고 싶은 거리로 조성한다.

• 강서구 관내에 더욱 많은 공영주차장을 확보하고, 간판을 정비하며, 아직 전선 지중화가 완료되지 않은 곳을 정비하여 깨끗하고 편리한 도시로 만든다.

• 강서아파트 부지에 499세대 신혼희망타운을 설치하여 젊은이들이 찾는 도시로 만든다.

우장산 어린이 물놀이장(출처: 강서아카이브)

• 봉제산 숲속도서관을 활성화하고 실내 다목적체육관을 설치하여 주민들의 생활 편의성을 높인다.

• 전통시장 활성화(본동시장)를 위한 정책지원을 하고, 전통시장을 활성화하기 위한 고객센터와 주차장을 설치한다.

• 남부시장의 주차장을 확충하고, 시장 내에 증발냉방장치를 설치하여 쾌적한 환경을 만든다.

• 주민문화복합시설로 어울림플라자를 조성하는 사업을 적극 지원하고, 건설과정을 모니터링하여 제대로 운영될 수 있도록 한다. 어울림플라자는 '장애인과 비장애인이 함께 이용할 수 있는 복합 문화 · 복지시설'로 서울시가 강서구 등촌1동에 조성하는 공

공사업이다. 위치는 강서구 공항대로 489 옛 한국정보화진흥원 부지(6,683㎡, 2,022평)이며, 사업비는 약 1,140억 원으로 서울시와 서울주택도시공사가 시행한다. 서울시는 '장애인과 비장애인이 함께 하는 미래 서울'을 만들기 위해 장애인 교육 · 연수시설을 포함해 어울림플라자를 지역 주민이 함께 이용하는 문화 · 복지 복합시설로 조성할 계획이다.

이러한 사업들을 모두 실현시키는 것이 나의 마지막 꿈이다. 지금까지 해왔듯이 열정을 다하여 희망 강서를 위해 앞으로의 내 삶을 바치고 싶다.

김용연 자서전

나의 삶 나의 꿈, 희망 강서 이야기

초판 펴낸 날 2022년 4월 30일

지은이 | 김용연 · 강신홍
펴낸이 | 김삼수
펴낸곳 | 상상박물관
편　집 | 김소라　디자인 | 권대흥
등　록 | 제318-2007-00076호
주　소 | 서울시 마포구 월드컵북로5길 56 401호
전　화 | 0505-306-3336　팩　스 | 0505-303-3334
이메일 | amormundi1@daum.net

ISBN 978-89-93467-52-9　03810